HAYMON verlag

Jürg Schubiger

Nicht schwindelfrei

Roman

Stadt Zürich
Kultur

Kanton Zürich
Fachstelle Kultur

Gedruckt mit freundlicher Unterstützung durch die
Kulturabteilungen der Stadt Zürich und des Kantons Zürich.

Auflage:
4 3 2
2017 2016 2015 2014

HAYMON verlag
Innsbruck-Wien
www.haymonverlag.at

ISBN 978-3-7099-7139-0

Umschlag- und Buchgestaltung, Satz:
hœretzeder grafische gestaltung, Scheffau/Tirol
Umschlagabbildung: Wikipedia (Von Anker bis Zünd. Die Kunst im jungen Bundesstaat 1848–1900. Kunsthaus Zürich, 1998.)
Schatten: photocase.com / skaisbon; Boden: shutterstock.com / Mark Aplet; Bilderrahmen: creative collection

Gedruckt auf umweltfreundlichem,
chlor- und säurefrei gebleichtem Papier.

Er sei krank, hiess es, oder er sei krank gewesen. Ihm selbst war aber gar nicht so. Für den Vorgang, den die bekümmerten Menschen um ihn Genesung nannten, hatte er kein genaues Wort. Er sagte Besinnung dazu oder Auffrischung, Aufforstung. Es hatte eine Zeit gegeben, da war er vergesslich gewesen, sehr sogar oder grenzenlos, das mochte er nicht mehr leugnen. Marion, seine Frau, hatte ihn zart und zäh begleitet durch Dickichte von Wochen, Monaten hindurch, für alle Betreffenden, für alle Betroffenen zweifellos eine schwierige Zeit. Theo, der ältere Bruder, stand immer zur Verfügung mit Ermunterungen, Prosecco, Gebäck. Pauls Gedächtnis kläre sich Stück für Stück, sagten sie. Und so sagte auch Paul selbst. Allerdings blieb da die Frage: Wo war er auf die Dauer besser ausgerüstet, im Erinnern oder im Vergessen? Nahm die Erinnerung jetzt überhand? Ergriff sie Besitz von ihm?

Du machst Fortschritte, sagte Marion, kurz bevor Paul den Löffel so ungeschickt hielt, dass ihm die Suppe dem kleinen Finger entlang in den Ärmel lief. Solche Pannen gehörten schon nicht mehr zum Alltag. Man rechnete nicht mehr damit.

Tom, der Bub, lachte hihi – wie nur Blonde lachen können, die bleich sind und beim Lachen rotköpfig werden. Er hatte eine empfindliche Haut, die er vor der Sonne schützen müsste. Jeden Sommer aber beschaffte er sich einen Sonnenbrand und durfte dann schlechte Laune haben.

Aus Pauls Panne mit der Suppe machte Tom eine Zirkusnummer. Er wiegte den vollen Löffel hin und her, bis die Suppe ihm hurra! vom Ellenbogen tropfte. Marion wandte sich ab. Sie sah müde aus, selbst von hinten, vor allem von hinten. Ein knapper Satz von Paul war hier erforderlich. In Marions Rücken sagte er: Etwas Spass lockert die Familie.

Ich brauche weiss Gott keine Lockerung, wo doch ohnehin schon alles auseinander fällt, kam es von Marion, matt, traurig sogar, etwas Haltbares wäre mir lieber.

Tom, mit Blick auf seine Mutter, tat so, als würde er seinem Vater Suppe in die Ohren giessen.

Paul kam ihm lachend und mit schrägem Kopf entgegen.

Stillhalten, befahl der Bub.

Paul besann sich: So, das reicht! Die Mahnung galt auch für ihn selbst. Seine Stimme, die ihn überraschte, war lauter als nötig. Aber wer weiss denn immer im Voraus, was nötig ist und wie viel davon.

Tom verstummte und Marion blieb weiterhin stumm.

Auerochse, nannte sie den Mann in solchen Fällen. Manchmal sagte sie auch: mein Auerochse. Er hätte sie gern selbst irgendwie genannt, aber im ganzen Tierreich fand er nichts, das passte. Nur Unpassendes stellte sich ein, Gans oder Schwan zum Beispiel. Oder Kamel. Paul liebte die Kamele über alles. „Über alles“ war übertrieben, aber er liebte diese Tiere. Ihr Wiederkäuen mit erhobenem Kopf, die wulstigen, filzigen Augen, denen man nicht ansah, was sie sahen. Und wie umständlich sie vom Liegen auf die langen Beine kamen. Vielleicht liebte Paul diese Tiere doch „über alles“. Nur gab es eben Verschiedenes, das er auf diese Weise liebte, und seine Liebe kannte keine dauerhafte Ordnung.

Theo kündigte sich an. So nachdrücklich klingelte nur er. Wer seinen Daumen kannte, konnte sich vorstellen, dass er damit einen Klingelknopf breitdrückte. Nun stand er in der Wohnungstür. Er hinkte herein. Das Auftreten des gesunden Beines hatte etwas Triumphierendes. Er schob eine Pralinenschachtel, Kingsize, auf die Hutablage, um die Arme für Marion frei zu bekommen. Als er sie auf den frisch geschminkten Mund zu küssen versuchte, wich sie ihm aus, ärgerlich und lachend. Sie wollte zurück ins Geschäft. Theo streckte Paul eine kräftige Rechte entgegen. Für Tom war sein Händedruck eine männliche Herausforderung, der er nur knapp gewachsen war.

Marion bat den Gast an den Tisch zu einem Espresso. Mit einer Hälfte des Gesässes setzte sie sich kurz dazu.

Theo hatte Mühe gehabt, einen Parkplatz zu finden. Er sprach von einer Parkplatznot. Seine grossen Hände lagen flach auf dem Tisch. Er vergewisserte sich der Blicke der Familie und erklärte: Früher habe ich jedes Wochenende in den Bergen verbracht, ist es nicht so? Er hob eine Hand vom Tisch und verschaffte so der Frage Raum. Jedes Wochenende! Nun, das liegt jetzt hinter mir. Ich habe für die Berge innerlich einfach keine Verwendung mehr. Theo beugte sich zum Bruder vor: Stell mich vor das Breithorn, Paul. Du kennst das Breithorn, das Zermatter Breithorn.

Paul kannte es nicht. Doch er hätte, das kam ihm zu spät in den Sinn, wenigstens nicken können.

Fünfmal war ich oben. Heute aber, heute trinke ich lieber in Ruhe mein Bier. Berge und Bier, ein Bedauern schien nicht dabei zu sein. Theo nannte weitere Hörner, die er alle nicht mehr besteigen wollte, das Wetterhorn, das Fetschhorn, das Lagginhorn, das Nadelhorn, das Finsteraarhorn.

Tom sagte: In den Bergen ist sowieso nichts los. Ausser der Natur natürlich.

Theo blickte Marion nach. Sie winkte mit gespreizten Fingern und ging.

Paul erhob sich: Ein Bier, in Ruhe ein Bier.

Recht so, rief Theo ihm in die Küche nach. Es war der Tonfall des älteren Bruders, der Paul sofort viel jünger werden liess. Er bestaunte Theo, sein Auftreten, das Unverrückbare an ihm, das bedenkenlos Selbstgemachte seiner Person und seiner Karriere. Theo sass da mit seiner ganzen Erfolgsgeschichte, an die Paul sich im Einzelnen nicht zu erinnern brauchte, um ein *Wetterhorn* in ihm zu sehen.

Theo war Transportunternehmer. Als Automechaniker hatte er angefangen, war dann als Fahrer weit herumgekommen. Er wusste alles über die Frauen von anderswo. Als sein Chef drei alte Lastwagen austauschte, nahm Theo sie zu einem Spottpreis an sich. Er hing an diesen Fahrzeugen, kannte ihre Vorzüge und schmunzelte über ihre Tücken. Die durchgesessenen Sitze liess er erneuern, bezahlte den Sattler mit Transportleistungen. Er fuhr nun auf eigene Rechnung, mit einem Kollegen als Partner, der aber, wie sich zeigte, nur als Fahrer und als Kumpel zu gebrauchen war. Einer, der freitags in der Kneipe ganze Stücke von Gläsern abbiss und zwischen den Zähnen knirschen liess.

Theo und Paul stützten sich, die Hand am Glas, auf die Ellenbogen. Tom hatte sich über den Küchenbalkon in den Garten davon gemacht.

Theo schnäuzte sich laut in ein viel zu kleines Papiertaschentuch. Und du? Good news?, fragte er.

Paul nickte.

Die Ärzte zufrieden?

Sehr. Sehr zufrieden.

Theo überhörte die Auskunft oder vergass sie gleich wieder. Beim Abschied, der nach dem zweiten Bier erfolgte, wünschte er Paul eine gute Besserung. Er packte die Klinke, drehte sich auf der Schwelle um und mit einer über dem Kopf geschüttelten Faust beschwor er die gute Besserung herauf, machte sie fast schon unabwendbar.

Paul dachte über seine Fortschritte nach. Marion klagte kaum mehr über ein Durcheinander im Geschirrschrank, das zu wackligen Stapeln von Tellern, Tassen, Teeschalen führte und zu mehrstimmig blinkenden Mischungen von Gerät und Besteck. Paul war sich nicht sicher, wie viel Besserung er brauchte oder ertrug. Vielleicht war es nur das Wort, das ihn beklommen machte. Es wies den davon Betroffenen in eine fahl beleuchtete Zukunft, ausgedehnt wie eine städtische Gleisanlage bei Nacht.

Ich würde mich schon erinnern, schrie er eines Sonntagabends über den Tisch, gern und genau erinnern, jawohl, wenn es etwas zu erinnern gäbe, wenn etwas vorgekommen, vorgefallen wäre. Aber was, bitte, ist da schon gewesen? Gar nichts!

Das war nicht klug von ihm. Das klang hilflos. Das liess einen Rückfall vermuten. Es war nebensächlich, gewiss, wie ein einzelnes, zufällig verwackeltes Foto von ihm, aber es weckte Bedenken.

Immerhin weiss ich noch, sagte Paul, dass nachts alle Katzen schwarz sind, dass eine Taube auf dem Dach besser ist – oder umgekehrt.

Paul dachte sich Erinnerungsstücke aus, mit denen er vor der besorgten Familie besser bestehen konnte. Stücke, die ihn inwendig ergänzten, auspolsterten, seinem Seelenfleisch Gewicht hinzufügten.

Es musste eine Zeit gegeben haben, da hatte er nur noch liegen und sitzen können. Da hatte er gekaut, was man ihm in den Mund schob. Sich aufrichten aber, sich aufrecken, das kam erst später, nach einem langen, freundlich begleiteten Training. Zu seiner eigenen grossen Verwunderung ging eines Vormittags ein Ruck durch seinen Körper. Er streckte sich, die Waden spannten, das Becken fand seinen Platz, die Wirbelsäule wurde spürbar zur Säule hinauf zum Nacken und höher, höher – und schon blieb der Boden weit unter ihm zurück. Er streckte sich, und schlagartig sank vor seinem Blick der Horizont. Was sich über dem Scheitel befand, das bodenlose Gewölbe, musste damals noch ganz und gar Ausland gewesen sein. Paul geriet in einen Schwindel, der ihm derart die Glieder und den Magen verdrehte, dass er drauf und dran war, den Bettel hinzuwerfen oder die Flinte ins Korn. Doch was wäre er heute, ohne das, was hier Bettel und Flinte hiess.

Erst nach und nach entdeckte er das unbewohnte, nur von Wolken flüchtig besiedelte Feld über den Dächern, über den Bäumen.

Ja, so musste es gewesen sein.

Stehen, das *war* etwas, wenn es gelang. Auf zwei Füssen und alles Übrige obendrauf. Zwei Arme, zwei Hände und die Frage, was er damit anfangen sollte. Vorläufig gar nichts. Er schaute in die Weite. Sie brauchte gar nicht sehr weit zu sein, diese Weite. Er stand und schaute, und das war's. Er stand wie ein junger Baum, eine Esche zum Beispiel. Weit weniger verwurzelt allerdings. Er musste standfest bleiben, die Füsse dabei aber frei behalten für kommende Schritte. Das kann nur ein tollkühner, ein unverfrorener Mensch gewesen sein, der den aufrechten Gang erfunden hat, dachte Paul.

Marion klatschte dann und wann Applaus. Das Geräusch, das sie erzeugte, erschreckte ihn. Sie meinte es gut, das hielt er sich ständig vor Augen, sie meinte es sehr gut. Marion hätte ihr Hemd vom Leib gegeben, ihr einziges, letztes, das zwar zu eng war für ihn, aber tauglich als Liebesbeweis. Er hätte ihr seinerseits ohne Weiteres seine Hose geschenkt, seine einzige, letzte. Nun sah er sie vor sich, die beiden Beschenkten, nebeneinander, Mann und Frau, wie die ersten Menschen, sie ohne Hemd, er ohne Hose.

Bald folgte das Stehen auf einem Bein. Was sich als nützlich erwies, wenn man in ein Beinkleid stieg, mit dem unbelasteten Fuss in eine Röhre vordrang, die stets länger war, als man annahm. Versuchte man auf diesem Fuss zu stehen, bevor er sich wieder vollständig im Freien befand, kam man ins Stolpern. Eine Hauptschwierigkeit lag darin, dass man auf dem anderen Fuss balancierend die Hose hochziehen musste.

Nun, Paul hatte diese Dinge rasch im Griff. Es machte ihm Vergnügen, sich übungshalber mitten am Tag ein paar Mal aus- und anzuziehen.

Schon eine Woche später, es war an einem Donnerstag, wandte er sich dem Gehen zu. Um Marion eine Freude zu machen.

Paul freute sich. Das Wort „unbändig“ war hier am Platz.

Das alles müsse er sich jetzt allmählich zurückerobern, sagte Theo. Marion sagte: in Erinnerung rufen. Sie sah dabei nachdenklich aus, als holte sie bei sich selbst etwas ins Gedächtnis zurück, das halb schon unterwegs, halb noch im Vergessenen geborgen war.

Das Stehen wie das Gehen erfüllen einen bis zum Rand, stellte Paul fest. Es waren die lohnendsten Tätigkeiten. Das Greifen kam dazu, das Greifen mit zwei freien Händen und das viele, was man sonst mit Händen noch tun kann.

Dann das Schauen, der Himmel, der Horizont, das ganze Unvermutete. Geriet ein Baum in den Blick und ging man auf ihn zu, erhielt der Horizont eine wachsende Beule oder ein Horn.

Dann die vielen Dinge. Besonders aber die Luft um die vielen Dinge herum. Man vergass sie leicht, weil sie unsichtbar war, alles in allem aber doch das Schönste, was man hier antraf, hier und irgendwo. Die Luft, der Luftzug. Der Wind über dem aufgeregten Gras. Der Wind und die Bäume. Zweige verschoben sich übereinander, kleinere wippten. Auch wogende Bewegungen wie von Seegras kamen vor. Selbst in einer Flaute zwinkerten einzelne Blätter. Manchmal glaubte man in diesem Flimmern und Fluten Wiederkehrendes zu erkennen, eine Art Echo, das sich dann aber verwischte.

Pauls Arzt, Condrau, war braun gebrannt und fit. Bei der ersten Konsultation gab er gründlich Auskunft über seine Person und seine Karriere. Der Patient sollte wissen, wem er sich anvertraute. Ein Forschungs-Stipendium hatte Condrau erlaubt, sich an einer amerikanischen Universität fortzubilden. Ihr Name klang so schön, dass Paul ihn behielt: Loma Lind University, California. Eine andere Uni hatte er nur einmal genannt und mit weniger Nachdruck. Europa sei ein weisser Fleck auf der Karte seines Forschungsgebiets.

Die ersten Darlegungen hatten Paul konfus gemacht. Über seine Biografie wisse er offensichtlich nicht viel mehr, als auf dem städtischen Einwohneramt unter seinem Namen zu finden sei, sagte Condrau aus heiterem Himmel. Als Paul schwieg, ging der Arzt zu Ermutigungen über. Sein Zuspruch bekam dem Patienten besonders schlecht. Die übrigen Ärzte, beigezogen nach Bedarf, ertrug er leidlich, erwartete aber nichts von ihnen. Er nahm die verschriebenen Arzneien, einmal täglich, zweimal täglich, vor dem Essen, nach dem Essen, er nahm keine doppelt und liess keine aus. Auch was der Physiotherapeut ihm auftrug, erledigte er gewissenhaft.

Paul hatte Beate nicht hereinkommen hören. Er musste geschlafen haben, und Tom hatte ihr die Tür aufgemacht. Sie näherte sich so leise, als könnte sie die Heilung eines Kranken, der nach schlaflosen Nächten endlich etwas Schlummer gefunden hat, ernsthaft gefährden. Sie schob einen Sessel dicht an seinen heran. Als sie flüsternd neben ihm sass, wusste Paul vorübergehend nicht mehr, wer sie war. Natürlich kannte er sie, Beate, kein Zweifel, doch fiel ihm nicht mehr ein, wie sie in sein Leben, und er ja notwendigerweise auch in ihres, gekommen war. Etwas Schwäger-Schwiegerisches mochte da im Spiel sein. Oder war sie eine Kusine?

Beate, nun flüsterte auch er, schön, dass du da bist.

Sie küsste ihn innig und lang. Er spürte ihre Tränen auf seinem Gesicht.

Schön, schön, sagte er, ohne zu wissen, was daran schön war.

Die Erinnerung ist vielleicht nur ein Sonderfall des Vergessens. So dachte Paul, als Beate ihn verlassen hatte. In ihrem Sessel sass jetzt der Bub. Er erzählte aus der Schule, Episoden, von denen er meinte, sie müssten den Vater interessieren. Er zappelte dabei mit den Beinen und stiess Paul ans Schienbein.

Wenn Paul wieder allein und oft auch erschöpft war, konnte er sehr nachdenklich werden. Konzentration auf das Anfängliche, sagte er dann zu sich selbst. Stehen, Gehen, sagte er mehrmals.

Die Unterscheidung von Standbein und Schrittbein war der Schlüssel zum aufrechten Gang, stellte er fest. Mit welchem Bein man anfing, dem rechten, dem linken, blieb dem Schreitenden überlassen. Wichtig war, dass man dem Standbein das ganze Gewicht übertrug, während man mit dem Schrittbein vorwärts pendelte, Boden suchte und fand. Das Schrittbein wurde zum Standbein, übernahm vorübergehend seinerseits das ganze Körpergewicht. Damit wurde das zweite Bein frei, es überholte leicht angehoben und mit Schwung das erste, das so lange stehen blieb, bis das zweite Fuss gefasst hatte. Anfänger fürchteten diesen Übergang. Gelang jedoch das baumelnde Links-und-Rechts, so entstand manchmal ein inneres Jauchzen, das sich nur mit dem Gefühl beim Stehen vergleichen liess. Voraussetzung war, dass man zu vergessen wagte, was alles dazugehört. Dann erst kam Freude auf, lief Freude einem über den ganzen Leib. Ein Lachen, Lachen hüpfte vom Zwerchfell empor.

Man konnte gehen bis ans Ende der Welt, sagte man sich und staunte, konnte gehen bis an die Stelle, wo sie unverhofft nicht endete, wo der Weg, den man unter den Schuhen hatte, bis zu fernen Bergen führte, weil die Erde, wie man bisher nur vom Hörensagen wusste, tatsächlich rund war. Gehen also, immer weiter, unter einem Himmel, der einem als Öffnung sicher geworden war, manchmal fürchterlich in seinem Blau, das wechselnde Wolken freundlich erscheinen liessen.

An einem Morgen erwachte Paul mit nassen Wangen. Um die Augen spürte er die kühlere Luft. Hatte er im Traum geweint? Ging es traurig zu in seinen Träumen? Paul wunderte sich, dass so etwas vorkam.

Pauls Erinnerung war meist nicht verdunkelt oder erloschen, sondern bloss ein wenig defekt. Einen ehemaligen Bürokollegen hatte er Alban genannt und musste sich von ihm sagen lassen, dass er Stefan hiess, Steff Althaus. Der Name Alban gehörte woanders hin, in eine Ferne, aus der er unversehens hergeschwemmt worden war.

Steff kam regelmässig vorbei, um nach Paul zu sehen. In dunkelblauem Kittel über fein gestreiftem Hemd mit Fliege, eine Aufmachung, die nicht zu ihm passte. Und das war es, was ihn sympathisch machte, dass es in seinem Leben dieses Unpassende gab.

Du siehst ja besser aus als je zuvor, Paul, rief Steff. Dann lachte er.

Und du, du siehst weit schlechter aus, ziemlich abgenützt. Paul lachte nicht. Er war aber so freundlich zu fragen: Nun, wie läuft's denn bei euch im Büro?

Wie am Schnürchen, antwortete Steff. Ein Satellit, gross wie ein Reisebus, ist eben daran, auf die Erde zuzustürzen. Eines der verglühenden Trümmerteile könnte durchaus einen Schweizer oder eine Schweizerin treffen. Zack. Im Moment machen sich mehrere Länder auf die Trümmer gefasst. In Italien hat man die Toskana dafür vorgesehen. Morgen wird's klar sein und enttäuschend natürlich auch: Irgendein brach liegender Acker in Belgien oder in der Ukraine wird das meiste abbekommen. Ein Kinderheim bleibt knapp verschont. Das ist dann alles.

Steff kontrollierte den Sitz seiner Fliege. Damit unternahm er etwas, das passte, weniger zu ihm als zur Fliege. Fliegen sind dazu da, zurechtgerückt zu werden.

Steff berichtete von Bootsflüchtlingen. Sie fielen über Lampedusa her wie die Piraten. Steff bremste sein Lachen ab, als er merkte, dass Paul nicht mitlachen mochte. Flüchtlinge überall, seufzte Steff. Auswerten lässt sich da schon lange nichts mehr.

Dann kam die Frage, die Paul gefürchtet hatte: Die Redaktion erkundigt sich, wann mit dir wieder zu rechnen sei. Wir vermissen dich, Paul. Dein Stuhl ist frei geblieben.

Paul wusste keine Antwort.

Steff wartete.

Lieber nichts überstürzen, sagte Paul schliesslich.

Steff behauptete, Paul habe sich zu stark in die Menschen eingefühlt, mit denen sein Beruf ihn konfrontierte, und sei dabei selbst in Not geraten.

Paul schwieg. Ihm wurde klar: Seine Not war eine andere als die der geschundenen Menschen. Er sass am Wegrand und schaute zu, er war gezwungen zuzuschauen, Stunde um Stunde. Auch vor dem Fernseher musste er sitzen bleiben, wenn er einmal sass.

Ehrlich, sagte Steff. Am Ende warst du nur noch für Hochzeiten von Prominenten zu gebrauchen, für Scheidungen mit knapper Not, für mutige Feuerwehrmänner, Jubiläen, Auszeichnungen.

Vielleicht, sagte Paul mit einer fadenscheinigen Stimme, vielleicht suche ich mir was anderes.

Du gehörst doch zu uns, sagte Steff so bestimmt, dass Paul ihm sofort misstraute.

Bei allem, was du durchgemacht hast, Paul, muss dir doch eine dickere Haut gewachsen sein, muss doch einfach. Steff lachte.

Paul sah Menschenkolonnen im Dreck. Sie kamen irgendwo aus dem Trüben und gingen ins Trübe weiter. Karrenräder fanden keinen richtigen Grund mehr. Unter Peitschenhieben bäumte ein schwer bepacktes Maultier sich auf, dabei rutschte die Last zur Seite. Paul sah erschöpfte Kinder, huckepack getragen von erschöpften Vätern, Müttern, Tanten. Einen Jungen, oder war es ein Mann, mit nackten Beinen unter einer im Regen schwerer werdenden Matratze. Die Habe der Flüchtigen wies auf Zurückgelassenes, Verlorenes hin. Um diese Matratze herum würde sich nicht so bald ein Haus einfinden und um das Haus kein Dorf. Paul sah vergewaltigte Frauen, die sich mit einem

Stück ihrer Wäsche das Geschmier der Männer von den Beinen wischten. Besoffene Soldaten mit offenen Uniformjacken hielten sich an ihren Gewehren aufrecht.

Es gab Momente, kurze, lange, da kam ihm alles verstümmelt vor. Diese Momente entliessen ihn mit schmerzenden Gliedern.

Lieber nichts überstürzen, wiederholte Paul. Er merkte erst jetzt, dass Steff ihn, aus Ungeduld oder aus Rücksicht, allein gelassen hatte.

Pauls Vergessen war vermutlich Tag und Nacht am Werk. Er hätte gern gewusst, was es zurzeit gerade in Arbeit hatte. Was fing sich in seinem Gedächtnis zu lockern an, eben jetzt? Paul fiel nur das ein, was darin fest sass, Steff etwa, sein Arbeitskollege. Ihn hätte er ruhig vergessen dürfen, denn er konnte damit rechnen, dass der Mann sich ihm gelegentlich selbst in Erinnerung rief.

Das Vergessen werkte unter Tag, ohne Zeugen.

Das Feld des Erinnerten lag da wie eine komplette Welt, die so ziemlich alles enthielt, was er brauchte. Manchmal vermisste Paul einen Namen oder ein Zusammenhang fehlte. Als Beate ihn küsste, war sie ganz belebt von dem, was eine vergessene Geschichte hätte erzählen können. Die Frau war ihm wahrscheinlich nie so nah gewesen wie in der Ahnung, die ihre Tränen in ihm weckten. Das Vergessene verschwand nicht spurlos. Es umgab ihn allseitig und dicht wie die Luft.

Paul hatte gelesen, wir alle nähmen mit jedem Atemzug etwas auf und gäben etwas her von dem, was jemals durch eine Lunge ein- und ausgegangen sei, von jedem Seufzer ein paar Moleküle, von jedem Schrei, von allem, was je gesprochen und gesungen wurde. Demnach war die Atmosphäre, in der sich die Moleküle vermischten, eine Art grosses Gedächtnis, das allen offen stand. Nichts ging verloren. Alles Einzelne, man brauchte es nicht wieder zu erkennen, kam zurück, das wusste man, das meinte man auch zu spüren. Die Luft, die Atmosphäre bewahrte das Blöken des Lamms, das Hecheln des Wolfs. Sie wirkte mit im Amselgesang, sie machte Tauschgeschäfte mit den Pflanzen. Auch wenn einer längst vergessen hat, was sein Grossvater ihm einst erzählte, so atmet er doch eine Prise jenes Stoffes ein, der bei seinem Erzählen durch den Grossvater strömte. Man hat also allen Grund, sich in der Luft, die einen umgibt, zu Hause zu fühlen.

Das Wort Grossvater war verbunden mit einem stoppeligen Kinn, das mindestens doppelt, jedenfalls mehrfach und wohl schwierig zu rasieren war. Der Grossvater, ein langsamer Mann, hörte seine Frau durch Türen und Gänge hasten und husten. Paul stellte sich vor, wie sie am Rand der Welt ihres Mannes herum lief, ein Schattenriss am Horizont, der mit dem ganzen Körper grimmig nickend ausschritt wie im Gegenwind. Sie merkte nicht, dass der langsame Mann ihr längst verleidet war. Sie merkte überhaupt nicht viel, denn dafür fehlte ihr die Zeit. Solche Bilder liess Pauls Gedächtnis entstehen und gab sie als Erinnerungen aus. Mein Gedächtnis übertreibt, dachte Paul.

Die Nachtpflegerin hiess Rahel oder Rebekka. Im Dunkeln hatte sie neben seinem Bett gestanden, plötzlich, manchmal. Unter dem weissen Mantel trug sie, das wusste Paul dann beim zweiten Mal, nur ihre gute Haut. Sie hob einen Zipfel der Decke und streckte ihre Beine seinen Beinen entlang, leise, um den schnarchenden Zimmernachbarn nicht zu wecken. Sie brauche etwas Wärme, flüsterte sie.

Der Kopfteil des Bettes war angehoben. Sie sahen durch das grosse Fenster auf die nur noch spärlich beleuchtete Stadt hinab, auf die sich kreuzenden Lichterketten der Strassen. In einer Biegung blendeten die Lampen eines Wagens auf. Paul wünschte dem späten Fahrer alles – er wusste nicht was. Das Wünschen machte ihn schläfrig. Rebekka tastete an seinem Körper herum.

Als Paul erwachte, war sie nicht mehr da. Der Lichtdunst der Stadt hielt sich an der Zimmerdecke bis zum lauten Morgengruss, der mit einem klirrenden Servierwagen ins Zimmer kam.

Also ein Spitalaufenthalt. Nicht unbedingt. Die Nachtpflegerin jedenfalls, die konnte Paul sich ebenso gut erfunden haben.

Einmal kam Rebekka erst gegen Morgen. Sie seufzte und schlief sofort ein. Als ihr Piepser piepste, erwachten beide aus tiefem Schlaf. Paul wurde nicht sofort oder nicht vollständig wach. Er wusste sehr wohl, wer eben sein Bett verliess, er spürte einen kurzen kühlen Hauch, hatte aber in jenem Moment noch keine Ahnung, wer der andere war, der im Bett zurückblieb. Die Schwere des Körpers, der einzelnen Glieder gehörte mehr zum Bett als zu einer bestimmten Person. Von einer Matratze gestützt, lag da ein Unbestimmter, ein Atmender, einer mit rasch wachsender Angst. Am dicksten Ende der Angst erblickte Paul sich selbst, aufrecht, als wartete er da schon eine ganze Weile.

Dieser Paul hatte ausgesehen wie auf einem Foto in einem lange abgelaufenen Pass, wie auf einem Bild, das ihn zwar zeigte, ihm aber nie ähnlich gewesen war. Immerhin: Die Zollbeamten erkannten ihn. Der alte Reisepass befand sich wohl immer noch in der Schublade, die Strandgut enthielt, vom Leben angespülte, unnütz gewordene Dinge. Jedes Mal, wenn Paul die Schublade herauszog, um sie endlich frei zu räumen, berührte ihn die kleine Trostlosigkeit der Ersatzpatrone des verlorenen Füllers, der Mundharmonika mit der Lücke, durch die der Atemwind röchelte statt zu singen, des glänzenden flachen Steins, grün, braun und dunkelrot bemalt von einem Kind, des Geräts zum Drehen von Zigaretten. Paul schloss die Schublade wieder. Dabei entstand die Überzeugung, dass es ohne diesen Ort nicht ging. Er war ein Lebensorgan.

„Strandgut“ gehörte zu den Wörtern, denen er dankbar war, dass es sie gab.

Wenn von Krankheit gesprochen wurde, war das wohl nicht an den Haaren herbei gezogen. Es hatte Stimmen gegeben, halblaute, seines Bruders und seiner Frau, die er im Liegen gehört haben musste. Theo hatte eine Frage gestellt und Marion hatte Auskunft gegeben. Paul erinnerte sich genau: Marion sagte, sie sei daran, für einen Männerchor eine Patagonienreise zu organisieren. Als Abschluss war der Besuch eines sauberen und familiären Bordells in Buenos Aires vorgesehen. Theo fügte lachend etwas bei. Auch Marion lachte. Dann schwiegen sie.

Marion sagte: Paul hört uns. Der versteht jedes Wort. Doch, sagte sie, das spür ich.

Paul wollte nicken, wollte sich mit seiner Frau verständigen.

Siehst du, sagte Marion: Er bewegt sich.

Solche Dinge hatten sich zugetragen.

Condrau empfahl Bewegung im Freien. Beim Aufzählen der möglichen Betätigungen geriet er jedes Mal in eine kurze sportliche Begeisterung. Er sah so gesund aus wie nur möglich, ganz einverstanden mit sich selbst.

Paul fügte sich gern. Er ging täglich an die frische Luft. Er kannte Regionen am Stadtrand oder am See, wo sie frischer war als anderswo. Doch er kam auch mit der verdorbenen Luft von Unterführungen, Bahnhofhallen, Strassenkreuzungen gut zurecht.

Paul entdeckte die Treppen, die aus unterirdischen Passagen in ein Licht aufstiegen, das alles verhiess und das die Verheissung ein paar Schritte später auch gleich erfüllte. Er stand mitten in einem Geriesel von Licht.

Paul sah die Treppenstufen als steinerne Schritte. Ihr Hellerwerden, ihr Menschenmass. Es gab Tage, da stiess er überall auf dieses Mass, bei Häusern, bei Tischen und Stühlen, bei Tellern und Tassen, bei Kleidern. So viele dienende Dinge. Und was nicht handlich oder passend war, ein Kraut in einer Ritze am wenig begangenen Rand der Treppe etwa, das hiess Natur.

Er ging dem See entlang. Er ging und stand. Manche Schwäne hatten ihre Köpfe tief zwischen den Flügeln, vom Hals war nur der kräftige Ansatz zu sehen, gebogen wie der Siphon eines Abflussrohrs. Die Schwäne schaukelten und waren unwahrscheinlich weiss.

Paul sah ein Blässhuhn unter einem Bootssteg, der mit seinen Planken ein sonniges Streifenmuster auf das Wasser legte. Da das Blässhuhn in Fahrt war, zogen die Sonnenstreifen rollladenartig über seinen Rücken hinweg. Paul sah, wie die Tiere ihr Leben zubrachten. Was sie oft rätselhaft machte, war das Selbstverständliche all ihrer Tätigkeiten. Dass sie überhaupt mit uns leben mochten, zum Beispiel die

Vögel, die fortzogen und wiederkehrten, war ein grosses Entgegenkommen.

„Verwandtschaft“ mochte ein brauchbares Wort sein für das, was er spürte, aber es klang übertrieben, sobald er es aussprach. So verhielt es sich mit vielen Wörtern. An die Stelle von „Verwandtschaft“ setzte er die weniger aufdringliche Wendung „gute Nachbarschaft“. Sie wahrte den Abstand, den man den Tieren und vermutlich auch den Pflanzen schuldete. Zu Menschen war der Abstand variabel. Es gab Verabredungen, Missverständnisse und Momente, in denen man froh die weiche Wolle des anderen spürte, auf die man gar nicht gefasst war.

Paul hatte sich das Wort „überhaupt“ auf einen Zettel notiert und an die Wand geheftet. Geleitet von „überhaupt“ würde das Denken, hoffte er, zur Ruhe kommen. Weitere viel versprechende Wörter kamen später dazu.

Paul strich mit der Hand über Marions Haut. Er fuhr ihrem Körper entlang, wendete bei der Kniekehle oder machte den ganzen Weg bis zum Fuss und dann auf der Innenseite des Schenkels über das raue Haarpolster hinauf zum Bauch, zur Brust, zur Schulter, zum Ohr. Er wusste natürlich wie ihre Haut beschaffen war, wusste es aber nicht dauerhaft, nicht für lange. Immer wieder wusste er es eigentlich gar nicht mehr. Seine Hand konnte das, was sie spürte, nicht glauben: dass es so etwas Sanftes und Lebendiges überhaupt gab. Ist es denn menschenmöglich?, fragte die

Hand und suchte weiter und weiter nach der endgültigen Antwort.

Paul sagte: Deine Haut ist sanft und endlos, Marion.

Du übertreibst, sagte sie.

Und er: Sag mir, wo sie aufhört.

Ach, Paul, seufzte sie.

Marions Zunge tastete nach seiner Zunge. Ihr Speichel war sehr angenehm. Sie schmeckte ihm überhaupt, diese ganze Frau. Wenn er die Decke ein wenig hob, dann höher hob, war da auch ihr ausgebreiteter Anblick.

Jeder hatte nun seine Zunge wieder im eigenen Mund untergebracht. Paul legte seine Hand zwischen Marions Schenkel, und sie machte der Hand etwas Platz. Sie lächelte sehr schön, sehr himmlisch. Sie schien das zu mögen, seine Hand an dieser Stelle, oder sie nahm die Hand als Zeichen der Genesung. So oder so ergab sich daraus ein Vergnügen.

Paul kämmte ihr Schamhaar mit den Fingerspitzen. Eine Art Scheitel entstand dabei von selbst. Ihre Scham hatte viele Namen. Das Ding mit den vielen Namen, sagte Paul. Sein Glied hatte sich zurecht gemacht. Dem musste man das nicht zweimal sagen. Es hatte sich herausgeputzt und glänzte wie am Sonntag. Marion gab ihm je nach Laune oder Lust einen schönen Übernamen. „Hoppla“ hiess es heute.

Hoppla, hoppla, flüsterte Paul in Marions Schulter hinein.

Marion atmete leicht und rasch, Paul atmete laut. Sein Begehren war eine heftige Begeisterung.

Sie lagen mit offenen Augen Seite an Seite und schauten zur Decke empor. Dieselbe Decke, verschiedene Augen: Wenn Paul versuchte, mit Marions Augen zu schauen, wurde der Raum höher und heller. Das Licht kam deutlicher vom Fenster her. Die Decke schien schräg abzufallen zur dunkleren Wand hin.

Was machst du?, fragte sie.

Er erzählte ihr von dem Versuch, den er eben angestellt hatte. Sie drehte ihren Kopf und küsste ihn aufs Ohr. Er spürte ihre kühlere Nase und sagte: Ich liebe dich sehr.

Auch mehr und mehr?, fragte sie.

Er überlegte eine ganze Weile, bevor er Antwort gab: Mehr würde mein Herz nicht fassen. Es gibt Tage, da liebe ich dich weniger, um mich von dir zu erholen.

Marion sagte nichts, sie schnüffelte: Da brennt etwas an.

Paul war schon aus dem Bett. Er hatte ein Bohnengericht auf dem Herd. Dem war das Wasser ausgegangen.

Beim Kochen können viele Fehler passieren, stellte er fest, als Marion im Morgenmantel in die Küche kam, und ergänzte heiter und befreit: Demzufolge lassen sich auch viele Fehler vermeiden.

Seit ein paar Wochen sorgte Paul regelmässig oder ziemlich regelmässig für das Abendessen. Über Mittag blieb er oft im Freien oder er sass in einer Fensternische der Bibliothek und schaute hinab auf den Fluss und das andere Ufer, wo eine Schifferzunft ihre Werft und eine Kantine mit Garten hatte. Für Tom lag dann ein Imbiss auf dem Küchentisch bereit. Wenn Marion abends von der Arbeit kam, sie führte erfolgreich ein kleines Reisebüro, fand sie Paul in seiner weissen Schürze, zwei Teller in der Hand, die noch aufzuwärmen waren. Ein Kartoffelgratin backte im Ofen. Eine Flasche Rotwein stand auf dem Tisch.

Fleischgerichte gab es nur auf besonderen Wunsch oder wenn Theo zum Essen kam.

Fleisch, sagte Paul zu seinem Bruder, Fleisch erinnert mich an das Brüllen der Rinder in den Schlachthöfen von Chicago. Paul übertrieb, doch das war hier unumgänglich.

Wann warst du denn dort, in Chicago, wenn ich fragen darf?, erkundigte sich Theo.

Wieso in aller Welt hätte ich da hinfahren sollen?, antwortete Paul. Etwa um mir dieses Brüllen anzuhören?

Theo lachte gutmütig, aber laut. Er kannte Chicago und lobte Detroit und nannte die Namen weiterer Städte der Gegend. Unvergesslich war ihm ein Besuch bei General Motors, mit Stadtrundfahrt. Er pries den gesunden Ton schwerer Motoren.

Als Marion einmal tagsüber nach Hause kam, um sich umzuziehen für einen Empfang von Winzern aus Südtirol, traf sie Paul über Kochbücher gebeugt. Kochen, nahm er an, war ein Handwerk, das man lernen konnte. Die Resultate waren überprüfbar.

Das Abendessen stand um sieben Uhr bereit, für Marion etwas zu früh, für Tom zu spät. Marion gab sich Mühe, pünktlich zu sein, was ihr oft nicht gelang. So hatte es sich ergeben, dass man Tom häufig etwas früher verpflegte, mit Teigwaren etwa, die er allem anderen vorzog. Er brauchte nicht länger als zehn Minuten, um einen ganzen Berg Makkaroni in seine Backen zu schaufeln. Paul bestand darauf, dass der Junge auch die grünen Beilagen ass.

Wenn Tom tschüss sagte, traf er noch einen Freund, bei dem Tag und Nacht der Fernseher lief. Wenn er einfach aus der Küche verschwand, ging er in sein Zimmer.

Marion kam immer mit Schwung, ihrem etwas eckigen Schwung, die Haare voll Abend. Sie setzte sich mit einem triumphierenden Seufzer und Paul trug das Warmgehaltene auf. Beim Essen berichtete sie über anspruchsvolle Reiseprojekte. Die Planung einer Kaukasusexpedition für ein Paar in mittlerem Alter. Geländefahrzeug und Wanderungen. Sie hatte Kontakt mit einem einheimischen Führer, der als verlässlich galt. Schwierigkeiten gab es erst nach Vertragsabschluss bei der mühsamen telefonischen Verständigung auf Englisch. Der kaukasische Führer forderte, so viel verstand sie, einen Zuschuss zum schriftlich längst vereinbarten Honorar.

Paul hatte den Nachmittag mit seinen Eltern verbracht. Sie meldeten sich, wie sie sagten, von der Reise zurück. Paul hätte wissen müssen, dass sie fort gewesen waren.

Sie hatten von ihrer Flussfahrt auf der Donau erzählt, dem guten Essen, einmal sogar am Tisch des Kapitäns, der fliessend Deutsch sprach, dem Besuch eines ungarischen Schlosses, das nur dank einer Kusine des Kapitäns ausnahmsweise für fremde Besucher geöffnet wurde.

Marion lachte. Ein bewährter Dreh: Das gibt der Reise etwas Exklusives.

Du denkst, es ist gelogen?, fragte Paul. Die Kusine persönlich hat die Gesellschaft an der Freitreppe erwartet, hat ihnen die Pforte aufgeschlossen, sogar ein Glas Sekt offeriert.

Und nach dem Rundgang, sagte Marion, stand ein Teller für das Trinkgeld bereit.

Meinen Eltern ist das alles eben wichtig. Paul hatte zum ersten Mal das Bedürfnis, seine Familie in Schutz zu nehmen.

Sie schwiegen. Marion schenkte Rotwein nach.

Mir fällt ein, sagte sie, was du vor Jahren von deinen Eltern behauptet hast: Sie treten nicht in ihr Leben ein, sie sind immer noch daran, sich auf dem Türvorleger die Schuhe abzuwischen.

Das hab ich? Vor Jahren wusste ich demnach noch, was zum Leben gehört.

Marion nickte zögernd. Deine Eltern haben Angst um dich, sagte sie.

Später sahen sie fern. Steff hatte Marion empfohlen, Paul hie und da einen Krimi zuzumuten. Was er noch brauche, sei etwas Abhärtung.

Sie hatten sich auf das Sofa gesetzt. Krimis gab es auf vielen Kanälen, stellten sie fest, doch die meisten dieser Filme waren schon am Laufen. Einer schien eben angefangen zu haben. Man sah sofort, wer der Halunke war, nur die Polizei schien noch nicht so weit zu sein. Sie verdächtigte einen anderen, einen unrasierten, heruntergekommenen jungen Mann, der auf eine Bahn geraten war, die schiefer und schiefer wurde. Paul verlor den Faden. Eine schwer verletzte Frau stolperte in Brombeersträuchern herum. Paul fürchtete, sie würde hier unbemerkt verbluten. Er versuchte abzuschätzen, wie lange sie in diesem Zustand überleben konnte. Dabei verpasste er die anschliessenden Szenen und fand sich erst wieder zurecht, als das Alibi des Halunken sich als falsch erwies und der von ihm erpresste Komplize entlastet war.

Paul kannte die Strecken der Strassenbahnen und Busse. Je näher man einer Endstation kam, desto ungewohnter waren die Gesichter der Passagiere, umso fremder ihre Sprachen. Eine Asiatin und eine Osteuropäerin, beide mit Kinderwagen, wechselten radebrechend ein paar Wörter und Satzfragmente auf Deutsch. Die eine, deren freches Mädchen sich den Gang entlang davongemacht hatte und wieder eingefangen und erschöpft gescholten werden musste, dankte der anderen, die unterdessen beide Kinderwagenkinder im Auge behielt.

Immer wieder sah er rätselhafte Gebärden. Eine junge Frau breitete ihre schmalen Handflächen aus, als hätte sie etwas Leichtes, aber Bedeutendes zu zeigen oder zu tragen; ihre ältere Begleiterin legte eine mehrfach beringte Hand auf das Brustbein und beklopfte sich dort, solange sie sprach.

Paul stieg aus. Er wartete an einer stark befahrenen Strasse. Das Überqueren war hier nicht vorgesehen. Ferne Ampeln bündelten den Verkehr. Paul nützte eine erste Pause, um die Mitte, eine zweite Pause, um die andere Seite zu erreichen.

Er ging einer Reihe von älteren Mietshäusern entlang. Balkone, die als Abstellräume dienten, gedeckte Fahrradständer. Auf einem schmalen Rasenstreifen stand ein grosses Tretfahrzeug aus Plastik, ein Bagger mit Zubehör. Wohnungen boten Einblicke an. Die Hälfte eines grossen, dunklen, honiggelb verglasten Schranks war zu sehen, ein mit Messingnägeln beschlagener dunkelroter Polstersessel und Bilder von Tieren, ein Pferd in einer Sturmlandschaft, ein Hund mit Hundeblick. Paul schaute in die Auslage eines Elektrogeschäfts, das sich im Erdgeschoss eines Wohnhauses eingerichtet hatte. Eine ältere schwarze Frau kam ihm schaukelnd entgegen. Er grüsste, sie grüsste nicht. Der Widerschein in den Fenstern vermittelte schräge Blicke auf benachbarte Wände und Firste.

Paul brachte seine Arme in Schwung. Er führte sich selbst vor, wie ein Gehender sich fortbewegt und wie er sich fühlt.

Die Strasse endete an einer ausgedehnten Wiese. Kurzes einförmiges Grün wie auf Fussballfeldern. Niedere Pflanzen, die nicht freiwillig zu wachsen schienen. Daraus ergaben sich Fragen. Wer lebte überhaupt freiwillig? Man tat so, als habe man, was mit dem Leben zusammenhing, selbst gewählt. Oder ein nahe stehender Mensch oder ein persönliches Schicksal habe einem geschenkt oder eingebrockt, was einem zustiess. Das Wort „Leben“ brauchte Paul sich nicht aufzuschreiben, es buchstabierte sich schon eine ganze Weile in seinem Ohr.

Er ging quer über das Feld zu einem Wasserlauf. Ein alter Eisensteg führte auf die andere Seite. Unten in der dunklen, struppigen Rinne konnte er Flüssiges erkennen, das sich regte, wulstig wie Gedärm.

Der Weg bog in einen ausgelichteten Jungwald. An abschüssigen Stellen gab es neue hölzerne Zäune. Man war hier offenbar daran, einen Naherholungsraum zu schaffen. Paul kostete das Gebilde „Naherholungsraum“. Für alles stand ein Wort bereit: Frühblüher, Hautflügler, Patientenverfügung. Die Wörter waren schon fertig da, ausnahmslos alle, bevor man überhaupt zu reden anfing. Das Reden brachte sie immerhin ein wenig ins Wackeln.

Pauls Kopf war nicht wählerisch in seinen Gedanken. Paul fragte sich, ob er das, was er dachte, tatsächlich auch denken wollte.

Er ging vor sich hin. Er hätte singen mögen, unterliess es aber. Wenn er so weitermachte, lernte er auch noch fliegen. Marion würde es nicht gern sehen, wenn er das Haus durchs Fenster verliesse statt durch die Tür. Du übertreibst, Paul, würde sie sagen. Was sie sich wünschte, war eine ganz gewöhnliche Genesung. Alles andere schoss viel zu weit darüber hinaus. Extravaganzen konnten sie sich im Moment weiss Gott nicht leisten.

Paul besuchte wie jedes Jahr eine Theatervorstellung behinderter junger Frauen und Männer. Die meisten Spieler hatten mehr oder weniger ausgeprägt den Körperbau des Down-Syndroms.

Paul war am Tag zuvor bei einem Gespräch der Theaterleute zu Gast gewesen. Die Mitglieder des Ensembles sassen in einem Kreis. Ein Betreuer und Co-Regisseur gab letzte Hinweise. In deiner Liebesszene, Marie-Lou, hast du in der Nase gebohrt. Du hast dich hübsch gemacht für deinen Geliebten, wie passt dazu das Nasenbohren? Gar nicht, oder?

Als der Betreuer die Frage wiederholte, nickte die junge Frau. Dann verbarg sie ihr Gesicht mit beiden Händen, die jetzt sehr dick aussahen, weinte kurz und blickte dann wieder auf.

Paul staunte über die Gebärden der Spieler. Ihre Gelenke liessen Bewegungen zu, die für Menschen mit Up-Syndrom nicht nachzuahmen waren. Sie klappten die kleinen Hände aus und wendeten sie und fächerten die Finger. Die Darsteller berührten einander im Spiel mal an der Haut, mal an den Kleidern. Mit der Einrichtung seiner eigenen Hände, so kam es Paul vor, hatte er für immer etwas verpasst. Die kurz gewachsenen Frauen wackelten mit den dicken Hintern. Sie hatten eine unverfrorene Lust, sich zu zeigen. Man merkte: Auch das eifrig Angelernte gehörte im Handumdrehen ganz ihnen selbst. Noch in der komischsten Routine überlebte etwas unbestechlich Eigenes. Was Paul hier antraf, war ein Herzstück des Menschenmöglichen.

Als er nach Hause kam, war Marion noch nicht zurück. Der Fernseher schickte seine Lichtgespenster ins Dunkle. Tom, der auf dem Teppich geschlafen hatte, zog sich an einer Sessellehne hoch und tappte auf sein Zimmer zu.

Marion ging abends manchmal noch aus. Um sicher zu sein, dass Paul sie nicht begleiten würde, hatte sie vor ein paar Tagen den dummen Titel irgendeines dummen Films genannt. Im Mantel winkte sie dann noch in die Küche herein. Paul hätte sich durchaus einmal für einen dummen Film mit dummem Titel entscheiden können. Er war aufgestanden, und da er schon mal stand, räumte er gleich das Geschirr ab. Er vermutete, dass Marion sich mit einem Mann traf, der ihr keine Sorgen machte. Paul fragte sich oft, wie er seiner Frau das Leben leichter machen konnte. Er kannte die Antwort: indem er wieder regelmässig zur Arbeit ging.

Wenn Marion nicht zum Nachtessen kam, verhindert im letzten Moment, und Paul mit Tom allein war, wunderte er sich zuweilen, dass da ein Junge mit ihm hauste, der dazu noch sein eigener war,.

Sie assen überbackene Auberginen. Tom orientierte den Vater über den Stand der Rollbretttechnik. Das hiess, dass er sich ein neues Rollbrett wünschte. Nun war sein Geburtstag aber eben vorbei und Weihnachten fern. Daraus ergab sich ein Problem.

Es sollte da einen Joker geben, sagte Tom.

Der Gedanke leuchtete ein. Paul sagte: Den sollte es geben.

Toms Vorschlag war: Jeder hat jedes Jahr einen Gutschein für ein Geschenk einfach so.

Nachdem der Junge den leer gegessenen Teller flüchtig abgespült hatte, blieb Paul allein in der Küche zurück. Er verlor den Appetit und den Mut und blickte durch das Fenster in die Nacht, sah sein Spiegelbild in der Scheibe, sah sich selbst wie an einem Nebentisch. Sein Spiegelbild stocherte in einer schwarzen Masse herum und legte dann die Gabel weg. Am Kühlschrank, befestigt mit vier Magneten, hing eine Zeichnung von Tom, die in der Schule entstanden war. Bunte Blätter, mit Farbstiften abgemalt im vorletzten oder vorvorletzten Herbst. In einem der Herbste.

Paul empfahl sich selbst ein warmes Bad. Er streckte sich im Wasser aus. Die Wärme wickelte ihn ein, liess ihn ganz allmählich dumm und dankbar werden. Paul dachte sich tief in die Finsternis seiner inneren Organe, in ihre Stollen, Knollen, Höhlen. Er brauchte sich nicht auszukennen in ihrem Gewühl. Sie wussten stets genau, was gerade zu tun war.

Am unteren Wannenrand tauchten zwei Füsse auf, die zweifellos zu ihm gehörten. Es war so viel Verschiedenes an einem dran, dass man dies oder jenes zwischendurch schon mal aus den Augen verlieren konnte. Die beiden Füsse am unteren Ende des Körpers kamen ihm fremd vor.

Vielleicht gehörte es zu diesen von der Leibesmitte weit abgelegenen Gebilden, Gliedmassen, dass sie Fremdkörper waren. Dennoch: sich an die eigenen Füsse kaum oder gar nicht zu erinnern, war ein starkes Stück. Die Schuhe, es handelte sich um mehrere Paare, vergass er nie. Es konnte geschehen, dass er ein Paar antraf, mit dem er nicht mehr gerechnet hatte. Doch stets erkannte er seine Schuhe wieder, spätestens wenn er sie anzog. Ausserdem hatte er nicht vergessen, wie man beim Binden der Schuhe vorging.

Vieles, was ihn im Badezimmer umgab, gehörte zu Marion, zu diesem anderen Leben dicht neben dem seinen. Stumpf und zufrieden schaute Paul sich um. Es wurde kühler um ihn. Er zog den Stöpsel aus und verharrte, bis er frierend in der letzten Pfütze sass.

Ein paar Tage später schrieb Paul einen Artikel über die Theatervorführung der Behinderten: „Unbehinderte Spiellust". Er schickte den Bericht an seine Zeitung, zuhanden seines Kollegen Steff, der sofort und trocken klarstellte, was Paul eigentlich hätte wissen müssen: Erstens gehörte der Artikel ins Ressort Lokales und zweitens war er schon nicht mehr aktuell.

Pauls Eltern luden, anlässlich von Vaters Geburtstag, zu einem sonntäglichen Mittagessen ein. Tom, der sich die Übertragung eines Fussballspiels hätte ansehen wollen, war verstummt und verstockt.

Angeregt von der Donaureise hatte die Mutter ein „echtes ungarisches Gulasch" gekocht. Beim Auftragen der Schüssel buchstabierte sie das Wort „gulyás". Eine Haarsichel fiel ihr über die rote Stirn und der Nase entlang. Der Vater schrieb die fremde Buchstabenfolge auf die Rückseite des bunten Papiers, das ein

Geschenk von Theo eingehüllt hatte, Fotos von Bergblumen mit passenden Versen. Theo ergänzte den Akzent auf dem a, der dem Vater überflüssig vorkam.

Tom kannte einen ungarischen Fussballspieler namens Tamás Hajnal und den deutschen Club, in dem er spielte. Theo wiederholte den Namen des Sportlers und nickte. Tamás Hajnal trug wohl dazu bei, dass Tom sich auf das Gulasch einliess und dass er die Zwiebeln nicht an den Tellerrand schob.

Als sie beim Kaffee angelangt waren, brachte die Mutter ein Fotoalbum und setzte sich damit neben Paul. Als gäbe es etwas zu enthüllen, legte sie beide Hände auf den lederigen Umschlag. Sie eröffnete die Besichtigung des Albums, indem sie mit einem Finger den Deckel hob und damit ein Hochzeitspaar freilegte.

Wer um Himmels Willen ist denn das?, fragte der Vater scherzhaft. Die Eltern schauten einander an, ihre Augen glänzten sich zu.

Paul merkte, dass hier eine Prüfung in Gang kam. Was geprüft wurde, war sein Gedächtnis. Uh!, sagte er, ihr habt euch aber verändert. Ihr lächelt viel schöner heute.

Der Vater lachte laut. Die Mutter, schon wieder ernst, schlug die nächste Seite auf. Sie stutzte, im Moment schien sie selbst nicht mehr zu wissen, wer der sehr junge Mensch mit den zu Fäustchen eingezogenen Fingern war.

Der Vater sagte: Das ist keiner von uns, das ist doch die Dings von deiner alten Freundin, die mit dem Blumenladen.

Richtig, sagte die Mutter. Sie blätterte rasch die Seite um. Wieder zwei Fäustchen, die aus handgestrickten Ärmeln kamen. Das ist Theo, entschied die Mutter.

Paul zeigte auf die Seite gegenüber: Und da gleich noch einmal.

Richtig, bestätigte der Vater.

Die Mutter blätterte rasch voran zum ersten Foto ihres jüngeren Sohnes: Ein Kind im Kinderwagen, wie irgendeines, das damals schon Paul hiess. Sein älterer Bruder schaute über den Rand des Wagens. Er schien zu wissen, dass es da etwas zu lächeln gab. Dann die beiden Buben im Seebad, die Familie beim Picknick. Der Fotograf, immer der Vater, war die Lücke im Bild.

Ich kenne sie, diese Menschen, dachte Paul, kenne sie alle und schon lang. Kannte sie immer schon.

Einzelne Bilder hatte man aus dem Album entfernt. Paul fuhr mit dem Zeigefinger über die Klebstoffkrusten und die Reste des weggerissenen Papiers.

Paul schien die Prüfung bestanden zu haben, und man wertete es als gutes Zeichen, dass er darum bat, das Album leihweise mit nach Hause nehmen zu dürfen.

Als Marion ganze Abende wegblieb, erkundigte sich Paul, was eigentlich los sei.

Ich treffe einen Bekannten, erklärte sie.

Bekannt?

Wir haben uns halt kennen gelernt. In diesem Naturheilkurs, vielleicht erinnerst du dich.

Nein.

Ach, du warst da wohl noch in der Rehabilitation. Er ist Naturheilpraktiker und erforscht nebenbei das volksmedizinische Wissen im Alpengebiet. Spannend, sagte Marion.

Spannend war ihr neues Lieblingswort und der Bekannte war vielleicht sogar ihr Lieblingsmann, er selbst dagegen, Paul, bloss noch ihr Mann. Dieser Gedanke beschlug sein Inneres wie mit Dampf. Marion spürte es wahrscheinlich, und sie war dankbar, dass Paul sich nichts anmerken liess.

Sie teilte ihm mit, der Bekannte sei verheiratet, er habe zwei Kinder und eine kränkliche Frau.

Hat er die denn nicht geheilt?

Noch nicht.

Möchte er, dass sie wieder gesund wird?

Marion überlegte. Sie zeigte an ihre Schläfe: Auch da ist sie krank, die Frau, das ist das Problem.

Das heisst, sie hat einen kränklichen Kopf?

Genau.

Sie verstummten.

Es ist schon so, gab Marion dann zu: Im Moment hab ich ziemlich genug von dir.

Paul sagte: Siehst du.

Vieles, alles bekam nun ein anderes Gesicht. Wenn Tom in der Schule war, ging Paul durch die Wohnung wie ein Besucher. Er betrachtete die Gegenstände, die Tuben, Dosen, Fläschchen, die zu Marion gehörten. Naturprodukte waren hier dazugekommen, hatten die alte, gesundheitsgefährdende Ware ersetzt. Marion machte an einem Berufswechsel herum. Im Frühjahr begann ein dreijähriger Ausbildungslehrgang.

Eine Hinterlassenschaft ihrer unerwartet weggestorbenen Mutter machte solche Pläne möglich. Esther hatte die Frau geheissen und hiess sie weiterhin. Esther war so leise verschwunden, dass man sie erst nach Monaten zu vermissen begann.

Die Kurse fanden im nördlichen Schwarzwald statt. Marion würde einmal für zwei, drei Wochen und mehrmals für Wochenenden abwesend sein.

Das heisst nicht, dass ich dich verlasse, sagte Marion. Sie sass sehr aufgerichtet da.

Paul sagte: Das wirst du dir noch anders überlegen.

Niemals!

Wart's ab.

Paul hätte gerne weiter gezankt, aber er verstummte.

Wie du wieder dreinschaust, sagte Marion.

Paul versprach: Ich werde dich nicht umbringen, niemals, Marion. Nicht erstechen oder erwürgen oder erschlagen oder vergiften oder mit Benzin übergiessen und anzünden.

Das heisst, ich komme mit dem Leben davon?

Ja, das heisst es.

In solchen Gesprächen schienen sie gemeinsam auf einen Moment hin zu streben, hin zu drängen, wo es nichts mehr zu sagen gab. Das Gespräch versandete nicht, es steckte fest wie in einem dafür eingerichteten Loch.

Paul stand unvermittelt auf, löschte das Licht, ertastete seinen Stuhl und setzte sich wieder. Marion blieb ruhig. Die Fenster einiger Nachbarhäuser beleuchteten den Garten, ein Rest von Helligkeit kam in die Küche herein. Ihre Gesichter am Küchentisch waren farblos, aber wirklicher geworden.

Wenn du mit deinem Bekannten mal einen Schritt weiter bist, wo soll ich dann die neue Frau hernehmen?

Frauen gibt es wie Sand am Meer, sagte Marion ausweichend.

Paul sah unzählige Liegestühle an einem endlosen Strand. In jedem Liegestuhl lag eine Frau in rotem Badeanzug.

Männer auch, sagte er.

Männer?, fragte sie.

Männer auch, wiederholte er.

Männer gibt es wie Geröll, wie Geröll. Marion rollte das r.

Tom kam herein und mit ihm etwas Licht aus dem Gang. Er erkundigte sich, was denn los sei.

Das fragen wir uns auch, sagte Marion. Sie schaute in Richtung des schwarzen Fensters, in dem ein Paar sich spiegelte samt Küchenschrank und Ratlosigkeit.

Am nächsten Morgen schien die Sonne auf den Küchentisch. Sie gab jedem Schatten den Platz, der ihm zukam. Tom stand an die Tischkante gelehnt und sprach mit vollem Mund. Seine Eltern sassen, sie schauten auf ihr Frühstückshandwerk oder schräg zu Tom empor.

Der Junge war schon auf der Treppe, als Paul hinter ihm her rief: Hast du das Turnzeug dabei?

Morgen, morgen, rief Tom zurück.

Marion sagte: Heute ist erst Donnerstag.

Eben, sagte Paul.

Turnen ist am Freitag, das weisst du doch.

Ja, weiss ich.

Schon vergangene Woche hatte Tom festgestellt: Du lässt den Donnerstag aus, Papa. Der Junge reckte das Kinn: Mir wäre es recht, wenn es den gar nicht gäbe.

Und mir würde er sehr fehlen, sagte Marion. Ich liebe den Donnerstag.

Tom fragte: Wenn man ihn wegstreichen würde, in allen Kalendern auf der ganzen Welt, was würde geschehen?

Dann gäbe es einen Ruck in der Zeit, meinte Paul. Die Astronomen würden staunen. Eine Lücke regelmässig am Mittwoch um Mitternacht.

Würde mit dem Donnerstag auch sein Name verschwinden?

Zu dritt waren sie sich einig: Auf den Namen wollten sie nicht verzichten.

Marion, schon im Mantel und mit Tasche, sagte: Also wird man auch den Tag behalten müssen. Sie liess ihre Behauptung in der Küche zurück.

Paul dachte darüber nach. Am Ende entschied er, dass auf Marion in solchen Dingen Verlass sei.

Jeudi, jeudi: Die französische Version ergab einen helleren Tag.

Paul langte nach dem Fotoalbum, das seit Tagen herum, und das heisst bereit lag. Menschen, zu denen er selbst gehörte, beim Stehen und Sitzen, Gehen und so weiter, und meist auch beim Lächeln fotografiert. Sie standen um ihn herum, da und da und dort, alle erreichbar, und hatten doch etwas von Verwandten aus Übersee. Paul notierte sich das Wort „Übersee“ und den schönen lang gestreckten Ausdruck „überseeische Gebiete“. Er blätterte. Theo, die Teppichstange in der Kniebeuge, hing verkehrt herum in der Luft. Paul in derselben Position mit hinter dem Kopf verschränkten Armen. Übermütig zusammengedrängte Menschen auf einer Bank, Mutter, unpassend ernst, auf Vaters Knien.

Theo hatte über die fehlenden Fotos einigermassen Bescheid gewusst. Mutters Schwester Ursula war da abgebildet gewesen.

Tante Ursula!, sagte Paul.

Theo sagte: Angefangen hat das alles mit einem Streit um Grossmutters Erbe, um ein bestimmtes Erinnerungsstück. Der Name Ursula war dann bei uns wie ausgelöscht. Wir wollten die Tante heimlich besuchen, wir zwei, doch da war sie schon fort, ausgezogen, nach Brissago, glaube ich.

Ach, sagte Paul. Ihm war ein Licht aufgegangen, es beleuchtete den Namen Ursula. Nach einer Weile erreichte ihn vom Rücken her eine Trauer, ein wachsender Schatten, und blieb.

In der Strassenbahn, im hinteren Wagen, stand eine Frau neben ihm, die ihn sofort sehr für sich einnahm. In einen wetterfesten Mantel verpackt schaute sie durch die rückwärtige Scheibe auf die länger werdenden Gleise. Auch Paul schaute hinaus. Zwischendurch betrachtete er ihr Profil, den Übergang von der Stirn zur Nase, von der Nase zum Mund, vom Mund zum Kinn. Er folgte diesem Weg bis an die Stelle, wo er in einem bunten Schal verloren ging.

Paul sagte: Sie machen mir Eindruck.

Sie drehte ihm das Gesicht zu. Ihr Mund sah jetzt aus, als hätte sie ihn soeben und für längere Zeit geschlossen.

Sie sind eine besondere Frau, stellte er fest. Ich werde Sie nie vergessen.

Oh!, sagte sie erschrocken.

Ein Mann, der in einer grossen Hand ein winziges Telefon hielt, stellte sich zwischen die beiden. Als er ausgestiegen war, sagte Paul: Eine Allerweltsfrau sind Sie jedenfalls nicht.

Ein spöttisches Lachen misslang ihr. Sind Sie ein Menschenkenner?

Einige kenne ich schon.

Sie lächelte, behielt das Lächeln eine Weile um ihren Mund, während sie den Halteknopf drückte. Sie stellte sich an die Tür.

Er sagte: Ich möchte Ihr Begleiter sein, und ging hinter ihr her in den Regen hinaus. Sie spannte einen Schirm auf. Paul folgte ihr in eine Querstrasse und schliesslich durch ein niedriges Gartentor unter ein Vordach.

Um ihre Hände für den Briefkasten frei zu bekommen, reichte sie Paul den Schirm, den er ein paar Mal auf- und zuflattern liess und dann schloss. Die Post in der Hand stiess sie mit der Schulter die Haustüre auf und hielt sie, damit er nachkommen konnte.

Als sie ihm den Schirm abnahm, standen sie zwei Stockwerke höher im Gang ihrer Wohnung.

Sie sind ja ganz nass, sagte sie.

Vom Saum seiner Jacke tropfte es auf den Fliesenboden. Sie reichte ihm ein Handtuch, damit er sich die Haare trocknen konnte. Die nassen Schuhe liess er auf einer dafür vorgesehenen kuchenblechförmigen Unterlage zurück.

Er stand im Wohnzimmer auf einem weichen Teppich. Die Frau nahm ihm das Tuch aus der Hand und ging damit hinaus.

Paul beschaute, was er vor sich hatte. Ein dunkel gerahmter grosser Holzschnitt hing über dem Sofa. Es handelte sich, wie er später erfuhr, um das Werk einer Künstlerin, die eigentlich längst hätte berühmt sein müssen.

Viele von uns müssten eigentlich schon lang etwas anderes, Erfreulicheres sein, als sie sind, hatte Paul gesagt.

Das leichte Nicken der Frau war als Zustimmung sehr provisorisch gewesen.

Der Holzschnitt stellte eine Berglandschaft dar mit winzigen windschiefen Menschen, Tieren und Scheunen. Beim flüchtigen Hinschauen sah man sie nur als Unregelmässigkeiten in der klar gefügten Natur. Für den Himmel war wenig Platz geblieben.

Neben dem Sofa stand eine langstielige Lampe. Ein Halbkreis ihres Lichts berührte den unteren Teil eines farbigen Wandbehangs, der die Stirnseite eines alten Schrankes bedeckte. Im oberen Kranz des Schrankes fehlte ein Eckstück.

Die Frau stellte sich neben Paul, verdoppelte damit seinen Blick auf die Webarbeit. Sie löste das elastische Band, das ihr Haar in einem schiefen Wirbel zusammenhielt, und schüttelte die Strähnen frei. Sie heisse Claire Muheim, sagte sie.

Und er: Ich weiss. Auf dem Briefkastenschild ist es zu lesen.

Paul von Matt, fügte Paul hinzu, um sich seinerseits zu benennen.

Sie nickte ein paar Mal rasch. Namen vergesse ich fast augenblicklich oder ich verwechsle sie. Bitte erinnern Sie mich an Ihren Namen, wenn Sie hier weg gehn.

Gern, erwiderte Paul, den vergesse ich nicht so leicht. Er lachte, unsicher, ob ihm mit seiner Bemerkung ein Spass gelungen sei.

Vom farbigen Teppich sagte sie, er komme aus Guatemala. Sie habe gut zwei Jahre dort gelebt. Sie deutete an, was das hiess: Kinder unterrichten und einen Mann lieben, bis einem das Geld ausgeht. Mit der festen Absicht, bald wieder zurück zu kehren, fuhr sie in die Schweiz. Ein Jahr verging, dann ein weiteres. Unterdessen lebte der Mann mit einer anderen, die von ihm ein Kind erwartete oder wohl bereits bekommen hatte. Diese andere, Esperanza, war in Guatemala Claires Freundin gewesen. Sie schrieben einander weiterhin Grüsse, seltener und knapper allerdings. Claire trauerte um die verlorene Freundin, die vermutlich glaubte, sie hätte nicht zulassen dürfen, was geschehen war. Claires Blick verliess den guatemaltekischen Teppich, strich über das Regal mit den Büchern, fand dann eine Stelle, eine Nische, wo er verweilte.

Sie setzten sich an einen Tisch, auf zwei von mehreren Stühlen, und tranken Tee.

Sie schauen so drein, ich weiss nicht wie, sagte Paul.

Claire sagte, sie sei im Kino gewesen, in einem japanischen Film, in den sie durch ein Missverständnis hineingeraten sei. Zum Glück! Ich war berührt, innen berührt. Ein alter Mann aus einem Pflegeheim, ganz konfus, und eine junge, unerfahrene Pflegerin haben sich in einem Wald verlaufen und verloren. Im Wald von Mogari. Beide trauerten um einen Menschen, sie um ihren kleinen Sohn, er um seine Frau, die seit dreissig Jahren tot war. Es wurde Nacht, die beiden Menschen tappten im Gewitterregen herum. Ein Bach wurde plötzlich zum Wasserfall. Claire verstummte.

Und dann?

Man kann das nicht erzählen. Sie wärmten sich mit ihren Leibern, die beiden Menschen. Wie ein Wunder war das.

Wald von Mogari, flüsterte Paul, als müsste er sich den Namen merken.

Wurden sie ein Liebespaar?, fragte er.

So kann man das nicht sagen. Es war das alte Unglück und die neue Not, die sie zusammenbrachte. Eine Liebe, die aus der Not entstand.

Wald von Mogari, sagte Paul. Sie fanden nicht wieder hinaus, aus diesem Wald, nicht wahr?

Nein. Es gab da viele kleine Wege, aber keinen Ausweg.

Claire hatte aus dem Kino eine Erschütterung mitgebracht, die jetzt trotz der Tränen etwas Fröhliches hatte.

Paul scheute sich, ihre Hand zu berühren.

Soll ich Ihnen das nächste Mal einen Blumenstrauss mitbringen?, fragte er.

Sehen wir uns denn noch einmal?

Ja.

Blumensträusse sind teuer, gab sie zu bedenken.

Stimmt, sagte er.

Sie schwiegen und schauten einander an. Claire hatte nichts Forschendes im Blick.

Ich möchte gern wissen, ob ich Ihnen willkommen bin, sagte er.

Sie sind nun mal da, antwortete sie. Und ich habe nichts dagegen, gar nichts.

Paul dachte: Eine besondere Frau. Aber eigentlich waren das alle. Auch mit Schminke liess sich das Besondere nicht ganz verdecken. Wenn Paul in der Bahnhofhalle stand und die Frauen, die von den Zügen kamen, auf sich zuströmen sah, diese, jene, dieser Gang, jenes Gesicht, jene ein wenig kühne Frisur, wunderte er sich über jede Einzelne, darüber, dass es sie gab, und zwar ausschliesslich in dieser einen Ausführung. Was hier seinen Lauf nahm, war überall das allererste Leben und das allerletzte auch.

Wenn Paul sich die Männer genau anschaute, kam er zum selben Ergebnis. Jeden dieser Menschen gab es nur einmal. Was für ein trauriger Luxus.

Als Paul wieder in der Strassenbahn sass und auf die drängenden Herden der Autodächer hinaussah, dachte er an Claire, ihre Hand auf dem Tisch, die er gern hätte drücken oder streicheln mögen. Die rätselhaften Dinge bereiten einen nicht auf ihre Ankunft vor, dachte er weiter, sie erscheinen wie aus einem

Gewölk oder aus heiterem Himmel und sie bringen eine grosse Erleichterung mit: man braucht sie nicht zu ergründen. Das Rätselhafte lässt einen frei.

Die Strassenbahn fuhr einer Reihe von Schaufenstern entlang, die von Schaufensterpuppen bevölkert waren. Im hellen Inneren der Läden standen wirkliche Menschen. Einer machte einen Schritt, ein anderer folgte ihm. Was den Puppen fehlte, war das Unberechenbare der wirklichen Menschen.

Der nächste Tag war ein Putztag. Bára, die Putzfrau, kam alle zwei Wochen am Dienstagnachmittag, und das seit Jahren. Bára vertrat ein gut ausgerüstetes Reinigungsinstitut, sie umfasste aber, meinte Marion, auch schon das gesamte Personal.

Paul war auf Báras Besuch gefasst, erschrak dann aber doch jedes Mal, wenn die Frau vor der Tür stand, hochhackig und zwinkernd mit beiden stark geschminkten Augenlidern. Ihr Parfüm erinnerte ihn erstens an ihre bisherigen Besuche und zweitens an etwas, das weiter zurück lag und gleichzeitig so nahe, dass er es nicht erkennen konnte. Pauls Gedächtnis öffnete ihm nur eine kurze Strecke, stockte und verlief sich. Ende des Erinnerns, Anfang des Vergessens: Paul kannte diese Zwischenzone. Wenn die Umstände es erlaubten, verweilte er hier, wach und gedankenlos. Er hörte den eigenen Atem.

Nun erwartete Bará ein Kind. In den vergangenen Wochen war sie so sehr schwanger geworden, wie man überhaupt sein kann. Die kleine sehnige Frau verschwand fast hinter ihrem Bauch. Das Bücken war zuerst mühsam und dann unmöglich geworden. Paul nahm ihr die Arbeiten ab, die sie auf allen Vieren hätte ausführen müssen und die sie, ohne zu klagen, auch ausgeführt hätte. Mit einem Messer kratzte er etwas Zähes vom Boden weg, das jemand an den Schuhen herein getragen haben musste. Zwischendurch warf er kurze Blicke auf Barás Wölbung, dieses Wunder auf zwei raschen Beinen. Einmal verzog sich ihr Gesicht, sie stöhnte und lachte. Er tut Gymnastik, erklärte sie.

Ist es ein Bub?, fragte Paul.

Sie nickte, als wollte sie sagen: Was denn sonst?

Bára sprach sehr viel und sehr rasch ein ziemlich unvollständiges Deutsch. Wie um den Redefluss in Gang zu halten, wiederholte sie gewisse Silben. Sie sagte: Zum Bebeispiel. Dass Paul ihr bei der Arbeit half, war ihr am Anfang peinlich gewesen, dann aber nahm sie es gerne an, korrigierte ihn sogar da und dort mit der Überlegenheit der Fachfrau. Die Bodenleiste war der ganzen Wand entlang gründlich abzustauben. Dazu musste das Sofa weggerückt und dann an seinen Platz zurückgeschoben werden.

In der Kaffeepause sagte Paul: Sie putzen so gut, Bára, sie verdienen ein Diplom. Er zeichnete ein Rechteck in die Luft.

Bára lachte tief aus dem Hals.

Wie immer beim Kaffee klagte sie über irgendwelche „Schweinehunde“. Sie nannte den Namen Kosovo und meinte damit auch die Nordafrikaner. Die

Schweiz sei immer immer sauber gewesen, sagte sie, tipptopp, und jetzt auf einmal alles voll Dreck.

Sie erhob sich, stützte dabei mit der einer Hand ihren Bauch. Als sie ihre Glieder im Gleichgewicht hatte, sagte sie mit Strenge im Blick: Herr Paul wieder mehr okay, viel viel mehr okay, und schlug mit der Hand auf den Tisch. Der Schlag bedeutete: Es gilt. Und tatsächlich: Da war es schon, dieses Okay, dieses viel viel mehr Okay, mit einem Ruck hatte es sich eingerichtet.

Als Paul die Kaffeetassen ausspülte, bestätigte sich die Veränderung. Er war gut zehn Zentimeter grösser und zudem voller geworden. Mit sich selbst angefüllt.

Der übernächste Tag galt den Staudenfeldern, den borstigen Streuwiesen und den Hügeln, die ein Gletscher nach geduldigem Baggern und Schleifen zurückgelassen hatte. Paul meinte sich an die letzte Eiszeit zu erinnern, an den grossen Frühling vor allem, der dann folgte, seine gurgelnden Bäche und pulsierenden Rinnsale. Bald hatten Pfade sich in die Landschaft hinaus getraut, hatten ihren angemessenen Verlauf gefunden.

Der Weg wurde steinig und steil. Er glich nun stellenweise einem Bachbett. Paul verfügte inzwischen über zwei verlässliche Beine. Der Fuss fand den flacheren Stein, den der Blick zwei Schritte vorher schon ausgesucht hatte. Blind traf er den für ihn gesichteten Standort: Der Fuss erinnerte sich. Bei diesen Dingen war ein Gedächtnis im Spiel, das nicht zurückging, sondern von irgendwo zu ihm herkam, von breitfüssigen Vorfahren vielleicht. Die hatten eines Tages, eines Jahrtausends entdeckt, dass sie auf zwei Beinen und mit abgespreizten Daumen anders zupacken konnten.

Paul verschnaufte auf einem Grat oder Wulst und stellte fest: Er war von Kopf bis Fuss „im Freien“ – eine Wendung, die er in seine Wörtersammlung aufnehmen wollte.

Bei seinem ersten Besuch in Claires Wohnung hatte er den Gang, den Winkel, wo man die Schuhe zurückliess, und das Wohnzimmer kennen gelernt, mit einem halben Blick dann die Küche und, als er pinkeln ging, auch das Bad. Nun, beim zweiten Besuch, kam das Schlafzimmer dazu. Claire wies hier auf zwei kleinere Werke der Künstlerin, die eigentlich längst hätte berühmt sein müssen. Eine Kuh mit weissem Fleck auf der Stirn füllte das eine Blatt bis zum Rand. Auf dem anderen stapfte eine Frau mit Kind durch den frischen Schnee. Was hinter ihr her lief, sei kein Hund, sondern ein Schwein, sagte Claire.

Paul schaute sich im Zimmer um. Das Bett, zugedeckt mit einer türkisblauen Tagesdecke, glich einem Swimmingpool. Durchs Fenster sah man auf allerlei Grünes hinab, auf Gartenbänder, gerade breit genug für eine Birke oder einen Geräteschuppen. Paul setzte sich auf den Bettrand und wippte ein wenig auf der Matratze. Claire schaute ihm zu. In ihrem Gesicht war viel und Verschiedenes los. Er zog das Hemd aus der Hose und öffnete Knopf um Knopf, befreite die

Arme, zog das Unterhemd aus. Dann stand er da, die Hose in der Hand, und blickte sich um, wusste nicht gleich, wohin damit. Er faltete sie mehrfach und legte sie dann an den Teppichrand. Sein Kleiderhäufchen sah am Ende ordentlich und bescheiden aus.

Auch Claire fing an sich auszuziehen, nachdenklich und langsam. So machte sie das immer, vermutete er, wenn sie zu Bett ging, nur lächelte sie wohl nicht, wenn sie allein war. Ihre Unterwäsche hing nun wie eingeschrumpft auf der Lehne des Sessels, der auf der anderen Bettseite stand. Paul betrachtete die Frau, ihre hellen Glieder, von hinten jetzt, da sie das Zimmer verliess, um ins Bad zu gehen. Paul folgte ihr.

Aus Versehen hatte er ihren Büstenhalter gelobt, der stabil gebaut und zart durchbrochen war, statt ihre Brüste. Dass er den Fehler korrigierte, half nichts. Er entschuldigte sich. Claire lachte. Sie hatte ein Gesicht, das zum Lachen wie geschaffen war. Es gab andere Menschen, die man sich lieber nicht lachend vorstellte, denn bei ihnen sah es aus, als ginge ein Riss, eine Zerstörung durch ihr Gesicht.

Claire sass vor ihm auf dem Bett mit angezogenen Knien. Unbekleidet sah sie weniger nackt aus, als er sie sich vorgestellt hatte. Über ihren Füssen lag ein Streifen Licht. Da seid ihr ja, dachte Paul. Als wären diese Füsse in der Welt herumgelaufen und nun nach Jahren wieder zurückgekehrt. So gab es Dinge, die man zum ersten Mal sah, die man aber wiederzuerkennen glaubte.

Die Waage ihrer Schlüsselbeine, die helleren Schlüssel vor den dunkleren Buchten am Hals. Paul schaute, und die Welt drum herum war nur noch ein Platz, frei geräumt für zwei Schlüsselbeine. Die Waage geriet ins Schaukeln, als Claire zu lachen anfing. In ihrem Schlafzimmer stand reglos und komisch ein nackter Mann, der jetzt sein Hemd um die Hüften knotete und sagte, er sei Tarzan.

Erzähl mir von diesem Tarzan, bat sie.

Paul berichtete von einem alten Film, von einem Stück Urwald, das für den Affenmenschen gewissermassen extra eingerichtet war. Es gab da bewohnbare Bäume, es gab Lianen, an denen er sich von Ast zu Ast schwingen konnte und so weiter.

Tarzan rettete eine junge Frau, die Jane hiess, aus einem Kampfgetümmel zwischen Schwarzen und Weissen, in dem Janes Vater umkam. Jane lebte nun mit Tarzan zusammen. Ihr Kleid nützte sich ab. Bald trug sie nur noch ein fadenscheiniges Röckchen, ziemlich ausgefranst, damit man sehen konnte, wie zart und gelenkig sie gebaut war. Jane liebte ihren Retter und lehrte ihn englisch sprechen.

Und was redeten sie dann, als er reden konnte?, erkundigte sich Claire.

Dazu kamen sie kaum mehr. Sie waren immer wieder bedroht und Tarzan hatte zu kämpfen, mal mit einem Löwen, mal mit einem Krokodil.

Jane liess es nicht zu, dass Tarzan sie lange in seinen Armen hielt oder sie abtastete. Wenn sie sich niederkauerte, um zu pinkeln, musste er den Blick abwenden.

Gehorchte er?

Nein.

Und sie?

Versteckte sich oder tat so, als sei sie unsichtbar. Ich muss dich doch erst mal kennen lernen, sagte sie zu ihm. Sie weinte ein wenig. Der Mann hatte zwar ihr Herz überrumpelt, doch ihr Kopf blieb ziemlich wach. Bei den Männern war Vorsicht am Platz, bei einem Affenmann erst recht.

Wollte Tarzan Jane nicht kennen lernen?, fragte Claire.

Doch. Dazu aber wäre das Tasten nützlich gewesen.

Ihre Hand fasste nach seiner Hand, die auf ihrem Knie lag.

Ich erinnere mich an Tarzan, stellte Paul zufrieden fest.

Warum solltest du nicht?

Weil ich vergesslich bin.

So siehst du aber nicht aus, sagte Claire.

Und wenn ich nun auch noch so aussehen würde?

Claire deutete etwas Schlaffes, Triefäugiges an. Paul lachte nicht. Er war erschrocken über ihr Gesicht.

Claire drehte an seinem Ehering.

Paul fragte: Soll ich dir von meiner Frau erzählen?

Sie fand, das sei nicht nötig.

Marion, sagte er.

Gefällt dir der Name?, fragte sie.

Er gehört zu ihr.

Und mein Name?, erkundigte sich Claire.

Paul überlegte. Der muss sich erst noch an dich gewöhnen.

Eine Woche darauf war ihm und war ihr, als wäre dazwischen keine Lücke gewesen.

Claire trug ein kurzes Hemd und ein ernstes Gesicht. Me Jane, sagte sie und tippte an ihr Brustbein.

Jane, wiederholte Paul probeweise. Er hob sie auf seine Arme, sie half ihm dabei, indem sie seinen Nacken umschlang. Als Paul sie im Zimmer herumtrug, diese Jane, strampelte sie wie eine Geraubte.

Nicht bewegen, befahl er. Du bist ohnmächtig, du hast die Augen zu. Ein Löwe hat dich bedroht. Ich bin im allerletzten Augenblick gekommen. Was du noch gesehen hast, war mein erhobener Arm und in meiner Faust das Messer. Dann bekamst du weiche Knie und wumm.

Er legte sie auf das Bett.

Sie blieb reglos liegen.

Genau so, sagte er.

Jetzt machst du die Augen weit auf und schaust erschrocken in mein Gesicht.

Sie gehorchte. Dann fing sie an zu lachen und lachte weiter, bis ihr die Tränen kamen. Dann weinte sie.

Paul sah ihr beim Weinen zu. Ich bin weniger verheiratet, als du vielleicht denkst, sagte er.

Ich denke gar nichts, ich weine, schluchzte sie und war schon kaum mehr zu verstehen.

Paul hatte ihr ein Geschenk mitgebracht: ein verbranntes Brot, rund und schwarz und so schwer, dass man annehmen konnte, das Innerste sei essbar geblieben. Paul hatte das Brot, er wusste nicht mehr warum, im Ofen vergessen.

Claire strich mit der flachen Hand über die vulkanische Kruste.

Das Ding heisst: Meine kleine Sonnenfinsternis, sagte Paul. Sollen wir es essen? Urdinkel, fügte er bei.

Nein, entschied sie, ich möchte es behalten, wie es ist, vorläufig.

Sie teilte Paul mit, sie reise für zwei Wochen zu einer Freundin ins Piemont.

Paul wünschte ihr viel Vergnügen.

Claire sagte nichts. Sie drehte das runde Brot auf ihren Knien.

An einem frühen Dienstagnachmittag rief ein Unbekannter an. Er entschuldigte sich: Er sei eine Viertelstunde zu spät. Paul begriff nach und nach, dass es sich um den Putzmann handelte, der als Stellvertreter seiner Frau unterwegs und nun im Stau war. Bára lag im Spital, beschäftigt mit der Geburt ihres Sohnes.

Nach der angekündigten Viertelstunde stand der Mann vor der Tür. Grauer Arbeitsmantel, darunter ein weisses Hemd mit offenem Kragen. Es tut mir aufrichtig leid, sagte er. Viktor ist mein Name.

Auch Paul bot seinen Vornamen an. Er hatte den Eindruck, dass man dem Mann genauso gut trauen wie misstrauen konnte. Er eignete sich für beides.

Viktor sprach ein sehr perfektes Deutsch, sympathisch gefärbt von einem Akzent. Wenn Sie gestatten, Herr Paul, nehme ich heute erst mal die Fenster in Angriff.

Die Fenster, wieso?

Weil sie, Viktor lächelte, nicht mehr ganz durchsichtig sind. Da Paul zögerte, fügte er hinzu: Vielleicht bin ich auf diesem Gebiet empfindlicher als Sie. Ihre Brillengläser, Verzeihung, deuten darauf hin.

Was ist mit denen?, fragte Paul.

Sie sind trüb.

Paul öffnete den Putzschrank, doch Viktor hielt ihn am Arm zurück: Danke, ich finde mich schon zurecht.

Paul ging in sein Zimmer, das immer noch den Namen Arbeitszimmer trug. Er grub ein von Schreibutensilien verschüttetes Brillentuch aus und reinigte die Brille.

Zum Kaffee, den die beiden später hinter blitzenden Scheiben tranken, hatte Viktor zwei Streuseltörtchen mitgebracht.

Paul erfuhr, Viktors Grossmutter sei eine Deutsche gewesen, Lehrerin an einem Gymnasium in Prag. Aus ihrem auffällig schön geschwungenen Mund habe er erste deutsche Vokabeln gehört, Kinderverse.

Dort oben auf dem Berge,
da liegt ein blauer Stein,
und wer den Stein verloren hat,
der soll mein Schätzchen sein.

Paul dachte an die eigene Grossmutter aus der Romandie, zum ersten Mal wieder seit Jahren, was ihn ganz unerwartet mit Viktor verband. Er sah einen riesigen Busen, so sagte man damals, und sonnenbraune Hautfältchen im offenen Ausschnitt. Französisch war ihre Muttersprache gewesen. Grand-mère hatte sie geheissen wie andere Hélène oder Marie-Louise. Nur Pauls Vater nannte sie Maman. Grand-mère brauchte ihre Sprache bloss noch beim Zählen und Rechnen und für ihr Abendgebet.

Als Kind hatte Paul sich gewundert, dass man überhaupt Französisch können konnte, dazu noch so mühelos wie Grand-mère, wenn sie mit ihrer Schwester aus La Neuveville sprach.

Sein Gedächtnis machte Purzelbäume.

Eines Samstagabends beim Geläut der Kirchenglocken hörte Paul in seinem Kopf laut und deutlich das französische Vaterunser, lückenlos, von „Notre Père“ bis „et la Gloire. Amen“. Wie kam sein Gedächtnis dazu, Grand-mères Vaterunser aufzubewahren, das sie nur murmelnd gebetet hatte?

Als er Marion davon erzählte, seufzte sie: Auch das noch.

Pourquoi pas?, sagte er. Eine von Grand-mères Lieblingsformeln war ihm in den Mund geraten.

Condrau, der Arzt, kam eben aus Südafrika zurück. Für zwei Wochen sei er im Krüger-Nationalpark unterwegs gewesen, in einem Jeep soundso, unlimited, mit seiner Frau und den beiden von den Breitmaulnashörnern begeisterten Mädchen. Die Wasserläufe waren weitgehend trocken gewesen. Umso zahlreicher hatten die Wildtiere sich an Tümpeln und an künstlichen Wasserstellen gesammelt. Condrau nannte vier verschiedene Sorten von Reihern. Er hatte ein

Gedächtnis wie ein Elefant, dem er ebenfalls begegnet war, in grossen staubigen Herden. Condraus Frau vermisste den Kolibri.

Weitere Untersuchungen, stellte Condrau beim Abschied fest, werden unvermeidlich sein.

Paul sagte: Ich komme ganz gut mit mir zurecht.

Und Condrau: Denken Sie an Ihre Angehörigen. Was die neuen Untersuchungen auch immer ergeben, eine Invalidenrente wird fällig werden.

Paul besuchte regelmässiger das Kunstmuseum der Stadt. Er wanderte hier wie im Freien. Aus engen Passagen ins Weite, Treppen empor, Galerien entlang, durch Kabinette, Säle. Die Räume der Sammlung waren meist ruhig und beinahe leer, manchmal befallen von einer Kinderhorde, die sich rasch wieder verlief. Das helle Lachen entfernte sich, sprudelte in benachbarten Räumen noch einmal auf, dann verstummte es wie in einem moosigen Wald.

Paul grüsste die Museumsaufsicht, einen hageren Mann, der bis zu seiner vorzeitigen Pensionierung in einem Auktionshaus gearbeitet hatte. Da ausgedehntes Plaudern mit seiner Aufgabe nicht vereinbar war, fasste sich der Mann so kurz wie möglich. Die Ereignisse, von denen er überstürzt und raunend eine Auswahl anbot, hatten sich im Lauf der Jahre aber heillos aufgetürmt und türmten sich weiter. Man ahnte, dass er seine Geschichte auch unter günstigeren Umständen nie vollständig würde erzählen können. Sie war länger als ein langes Leben.

Es gab Menschen, stellte Paul für sich fest, die verbrachten ihre Zeit dicht bepackt mit Sorgen und Sachen. Andere promenierten und alles floss an ihnen vorbei. Die Horizonte zogen sich zurück.

Marion schenkte Paul eine Mitgliedschaft im städtischen Kunstverein, und damit freien Zugang zur Sammlung und zu allen Ausstellungen des Museums. Die Karte, die ihm ausgehändigt wurde, öffnete ihm ein grosses Gebäude, in dem die Jahrhunderte aufbewahrt waren. Vergangenes war hier betretbar.

Paul hatte im Museum seine Lieblingsstücke, „Eichenwald“ von Robert Zünd etwa. Ein Waldausschnitt zur Mittagszeit. Eine sonnige Spur über Farn, jungem Buschwerk und Stockausschlägen alter Strünke liess einen verwachsenen Weg vermuten. Durch die Bildmitte ging ein schräger Stamm, der oben im Gegenlicht vor einer knappen Handvoll Himmel den Bildrand erreichte. Paul wusste, dass dieser gewöhnliche Wald nicht erfunden war, dass er 1882 genau so ausgesehen hatte. Das Gemälde befreite die Besucher von den triumphierenden, kühn zerklüfteten Waldstücken vieler anderer Landschaftsmaler. Ein freundlicher Wald, dachte Paul, in dem man sich am Ende aber doch wohl leichter verlor als zurechtfand.

Zwei junge Männer, es war an einem späteren Abend, gingen im Gespräch am „Eichenwald“ vorbei. In einer unwillkürlichen Regung wies Paul die beiden auf das unbeachtete Waldwerk hin. Die Männer zögerten und dann verliessen sie den Saal.

Zu den Werken, die Paul immer wieder besuchte, gehörte auch ein kleines Porträt von Memling, „Bildnis eines jungen Mannes“. Dieser Mensch tröstete ihn, das war keine Übertreibung, und Paul merkte erschrocken, dass er so etwas dauerhaft Liebenswürdiges auch brauchte. Wenn er den Saal betrat, war der Mann, den er inzwischen „den anderen Bruder“ nannte, immer schon da. Nicht dass der ihn erwartet hätte, er war einfach schon da und er blieb über Nacht. Das galt natürlich auch für andere, für den älteren dunkelhaarigen Mann von Franz Hals, für das Mädchen mit dem schlafenden Hund auf dem Arm, doch lange nicht bei allen schien er gleich willkommen zu sein.

Dem jungen Mann von Memling gelang es, mit dem ganzen Gesicht zu lächeln. Den Mund brauchte er dazu nur nebenbei. Wer so dastehen durfte wie er, mit luftigen, fast schulterlangen Locken unter einer schwarzen Kappe, die ihm über dem Kopf in den Himmel stieg, wer sich so zeigen durfte vor dem buschigen Grün einer Baumallee, der hatte gut lächeln, dachte Paul. Er spürte, wie sich beim Betrachten des Mannes dasselbe Lächeln im eigenen Gesicht auszubreiten begann.

Paul verglich auf seinen Gängen die Blicke der porträtierten Personen. Wenn sie den Maler, und damit auch den Bildbetrachter, nicht direkt anschauten, blickten sie eher gedankenverloren oder überhaupt verloren an eine Stelle, wo nicht viel mehr als etwa zwei frisch bezogene Spannrahmen zu sehen waren oder ein vor Jahren angefangenes Bild mit etwas Wald und etwas Fluss und etwas Gewölk und einer unbekleideten Frau.

Wer Modell stand und gezwungen war, in einer Stellung lange zu verharren, wusste bald nicht mehr, was er mit sich anfangen sollte. Er geriet in eine ganz unerwartete Not, eine Verlassenheit, die er Langeweile nennen mochte.

Der junge Mann von Memling war das Gegenbild dazu. Er schaute in eine Seele hinein, von der er anscheinend erfüllt und zugleich umgeben war. So etwas zu sagen, war wohl ziemlich waghalsig, aber so zu denken, war gut.

Pauls Tage füllten sich mit Vorhaben und Vorkommnissen. Für das Kochen blieb weniger Zeit. Oft beschaffte er nun das Abendessen in einem thailändischen Take-away oder in der Pizzeria.

Marion schien rascher zu leben als bisher. Sie hantierte und sprach, als sei sie verspätet – wie etwa in einem Traum, wo man mit Koffern und Taschen, die noch nicht gepackt sind, in wenigen Minuten einen Zug erreichen soll.

Die Abende verbrachte die Familie wie es gerade kam. Paul versuchte die Musik zu mögen, die aus Toms Zimmer drängte, was ihm immer weniger gelang. In der Stube klang sie nur gedämpft wie Warenhausmusik.

Paul griff aufs Geratewohl nach einer CD: die Suiten für Cello solo von Bach. Beim ersten Bogenstrich setzte auch die Erinnerung ein. Paul kannte das Stück und alle folgenden auch. Es gab Klänge, die ihn so berührten, als würde der Cellobogen über eine seiner Sehnen geführt, am Hals beispielsweise, am Nacken, und das Vibrieren des ganzen Schädels erklärte auch, warum er dann weinte. Ein Gefühl des Unerreichbaren nahm überhand. Eine Sehnsucht, deren Erfüllung nichts anderes sein konnte, als eben dieser Celloklang.

Im Übrigen war er dankbar für jede Regelmässigkeit, die der Monatskalender in der Küche ihm anzeigte. Jede Woche, immer am Montag, Müllabfuhr, vierzehntäglich am Mittwoch Papier, vierwöchentlich am Donnerstag Karton. Dann war da noch vierzehntäglich am Dienstag der Putztermin.

Paul überhörte die Klingel. Viktor öffnete die Wohnungstür und rief durch einen schmalen Spalt: Ist es erlaubt?

Beim Kaffee sprachen die Männer über die Jagd auf Nashörner und Elefanten. Viktor schien eine Potenzsteigerung durch ein Pulver aus gemahlenen Hörnern und Stosszähnen nicht ganz auszuschliessen.

Er erzählte von ländlichen Bräuchen in seiner Heimat, von seinem Onkel, der Hasen und Fasanen jagte. Dazu kamen, einmal im Jahr, wilde Kaninchen. Der Onkel traf sich dann lange vor Sonnenaufgang mit seinen Kollegen und war erst am folgenden Abend wieder zurück, den Kofferraum bis oben mit erlegten Tieren gefüllt. Sand klebte in den braunen Fellen. Man wusste, dass die Jäger in der Abenddämmerung mit Laternen in die Büsche leuchteten und dass die geblendeten Kaninchen leicht zu schiessen waren. Einer der Männer holte die Beute und trug sie an den noch warmen Ohren bündelweise hinter den Kollegen her.

Verzeihung, sagte Viktor, als er merkte, dass Paul stumm blieb. Die frisch geschossenen Tiere zucken nur noch kurz, dreimal, viermal. Es tut mir Leid, Herr Paul, falls ich Ihnen ein Unbehagen bereitet habe.

Paul hob den Kopf.

Sie zucken vor Schreck, Herr Paul, nicht vor Schmerz.

Wer?

Die Kaninchen.

Paul war aufgestanden. Ich möchte solche Dinge nicht hören, Viktor, sagte er. Ich eigne mich nicht dafür.

Beim nächsten Museumsbesuch überliess er die Führung probeweise einem Audioguide. Der junge Betreuer der Geräte, vermutlich ein Student, unterhielt sich so locker mit einem amerikanischen Paar, als käme er aus derselben Kleinstadt, zum Beispiel Winesburg. Als Paul an der Reihe war, schob der Student ihm einen für Deutschsprachige eingestellten Guide über den Tisch.

Français, sagte Paul.

Der Student erklärte ihm auf Französisch, wie die gewünschte Sprache anzuwählen war.

So ausgerüstet betrat Paul den Raum, der gleich vor ihm lag. Frühe Skulpturen von Alberto Giacometti. Eine Frauenstimme sagte: ... au rand d'un object de culte rituel. Mit der französischen Sprache des Kommentars war gleich auch Paris da, ein weit ausgestreckter Himmel, Alleen und etwas Wind.

Die weibliche Stimme und ihre Sprache verwandelten das besprochene Werk und mehr noch: Alle Objekte des Künstlers waren mit einem Schlag, einem Lidschlag, davon berührt. Die „Petite figurine sur double socle", so klein wie ein mittlerer Nagel und ebenso dünn unter einer übergrossen durchsichtigen Haube, erschien nun nicht mehr ausgesetzt und einsam. Der Raum um sie gehörte untrennbar zu ihr, wie ein Ruf, der mit dem Echo eins wird. Sie stand allein auf weiter Flur, die Petite figurine, doch was hiess das schon, wenn es eine Flur von dieser Weite war.

Geehrt von der Aufmerksamkeit einer französischen Dame, zeigten Böcklin, Koller, Hodler sich von ihrer wackersten Seite. Vor Robert Zünds „Eichenwald" schaltete Paul das Gerät aus. Hier stand er lieber ohne Begleitung.

Er brachte den Audioguide zurück und verliess das Museum. Draussen war es sehr hell. Eine Vorortbahn brachte ihn auf eine hügelige Höhe. Hinter bäuerlichen Wohnhäusern mit Terrassen und Garagen nahm er einen Wanderweg, der geradeaus auf einen Wald zulief. Die Namen von Kräutern fielen ihm ein. Storchenschnabel, Waldmeister, sagte er laut. Die Wörter dufteten aus einem sonnenfleckigen grünen Gewühl. Die Tannen rochen nach Tannen.

Er schaute den Weg entlang, auf dem er stand. Durch eine Senke führte er über Stufen auf eine goldgrüne Lücke zu. Dort bog er ab. Paul folgte ihm. Nach der Biegung erkannte er, wie viel, wie uneinholbar viel der Weg schon Vorsprung hatte. Es war gut zu wissen, dass der Weg weiterging und dass er niemanden dazu brauchte. Bei einer Gabelung musste er überdies nicht wählen. Er konnte zu gleicher Zeit in zwei verschiedene Richtungen gehen.

Paul sass am Küchentisch. Viktor, der eben hereingekommen war, bückte sich, um Pauls Ohr zu erreichen. Sorgen?, fragte er.

Sorgen?, fragte Paul zurück.

Sie haben recht, Herr Paul: Ich spreche besser von *einer* Sorge.

Dazu hatte Paul nichts zu sagen.

Sie möchten nicht darüber sprechen, und es ist wohl auch besser so. Wo kämen wir hin, wenn wir einander unsere ehelichen Nöte klagen würden? Viktor biss tief in das Streuseltörtchen hinein, das nun zum Kaffee gehörte, kaute und sah dabei nachdenklich aus.

Als er den Mund frei hatte, begann er von seiner Jugendzeit zu erzählen. Paul wunderte sich, dass die vielen kleinen Szenen alle aus dem selben Leben kamen. Die Geschichten schienen in Nestern des

Lebens zu nisten, aus Schlupflöchern ans Licht zu kommen. Und sie vermehrten sich noch im Erzählen selbst.

Zurück an seinem Arbeitstisch versuchte Paul über sein Leben nachzudenken, doch es fiel ihm nichts dazu ein. Der Staubsauger, ein starkes Modell, das Bára ihnen vermittelt hatte, stöhnte im Nebenzimmer. Dachte Viktor daran, den Staubsack auszuwechseln, wenn er voll war?

Als die Männer Abschied genommen hatten, was immer unter der Wohnungstür und mit Händedruck und Gruss an die Frauen geschah, wandte Viktor, die Hand schon am Treppengeländer, noch einmal den Kopf. Um auf Ihre Sorge zurückzukommen, Herr Paul: Sie mag einmal begründet gewesen sein, heute ist sie es nicht mehr. Paul kannte Viktors Geste aus Filmen. Da wandten sich viele Menschen im Gehen noch einmal zurück, an der Tür, an der Treppe, um etwas Wichtiges effektvoll zu ergänzen.

Zwei Wochen später grüsste Viktor: Hallo, Herr Paul, guten Tag! Zu Ihnen kommt der leitende und zugleich einzige Angestellte unseres Reinigungsinstituts. Bedauerlicherweise ist die Chefin immer noch verhindert.

Paul erkundigte sich nach Báras Befinden.

Ihre Milch würde reichen für zwei dieser Säuger, sagte Viktor. Bára sei in bester Verfassung, doch das Mütterliche nehme sie ganz in Anspruch. Eine von Báras Nichten, Madlenka, sei aber bereit, für ihre

Tante einzuspringen. Madlenka wird Sie ganz zufrieden stellen, Paul, sagte Viktor mit einem aufzuckenden Lächeln. Manchmal liess er das „Herr“ auch weg. Wie weit das gute Mädchen deutsch spricht, weiss ich allerdings nicht, aber – Hier folgte eine Liste von Qualitäten Madlenkas, von denen nur die wenigsten beim Reinigen erforderlich waren.

Paul freute sich auf eine stumme Putzfrau.

Die Kaffeepause war zu einem Reservat für Vertrauliches geworden. Viktor gestattete sich, Paul lange freundlich in die Augen zu schauen. Ihre Sorge, Herr Paul, hat, wenn ich so sagen darf –

Dürfen Sie nicht, unterbrach Paul.

Dann, Verzeihung, beende ich nur diesen Satz: Ihre Sorge, die sind Sie jetzt wohl los.

Paul sagte widerwillig: Woher wollen Sie das wissen?

Es steht in Ihrem Gesicht geschrieben, in Grossbuchstaben sogar. So darf ich annehmen, dass Sie inzwischen auf dem Laufenden sind.

Paul fragte nicht: Worüber? Und Viktor brauchte seine Frage nicht, um fortzufahren: Ihre Frau hatte, wie Sie wahrscheinlich wissen, die Güte, unsere Firma einem Bekannten zu empfehlen. Wenn Frau Marion bei diesem Herrn zu Gast war – Viktor schwieg.

Dann?, fragte Paul.

Dann spülte Bára anderntags die Gläser. Das heisst, zurzeit bin ich es, mache die Betten, hebe ein Hemdchen vom Boden auf, was halt so anfällt. Viktor führte seine Hände sanft zusammen. Sie berührten sich an den Fingerspitzen und erzeugten so ein kuppelförmiges Gebilde oder Gebäude, dem man nur misstrauen konnte.

Wir sind ja nicht neugierig, Bára und ich, fuhr Viktor fort, wir sind nur besorgt. Nicht mehr um Ihre Frau allerdings, das hat sich erledigt. Wir haben aufgeatmet, glauben Sie mir. Was aber, ach ja, den Bekannten Ihrer Frau angeht – Es tut mir leid, Paul, dass ich ihn erwähne, aber er ist eben auch nur ein Mensch und dazu ein Kunde und in diesen Tagen so fassungslos. Viktor machte ein bekümmertes Gesicht: Es war nicht leicht, das alles mitzuverfolgen. Man brauchte weiss Gott kein Menschenkenner zu sein, um vorauszusehen, wie sich das entwickeln würde.

Paul sah gar nichts, weder jetzt noch im Voraus. Er erkundigte sich, wo das Hemdchen sich nun befinde, das Viktor vom Boden oder Teppich aufgehoben hatte.

Teppich, sagte Viktor. Bei dem Bekannten sei das zarte Ding nicht am richtigen Platz gewesen. Der hätte es womöglich ausgebreitet auf seinem Bett, um es zu betrachten und um traurig zu werden. Viktor hatte Marions Hemd dahin zurückgebracht, wo es hingehörte, in den hiesigen Wäschesack.

Paul wollte nicht nicken, aber er nickte.

Kurz und gut, sagte Viktor: Die Geschichte hat für alle Beteiligten schlussendlich nicht die schlechteste Wendung genommen.

Paul überlegte, ob er einer der Beteiligten sei.

Marion ging abends selten mehr aus. Vermutlich war es das, was Viktor vorausgesehen hatte. Sie lebte nun eher für sich, vor dem Computer oder irgendwo in der Wohnung.

Das Gästezimmer, das früher tageweise Marions Mutter beherbergt hatte und dann Winterkleider, Schuhe und Schachteln aufnahm, war jetzt ihre Rückzugsnische. Wenn Paul allein im Ehebett lag, erstreckte sich das Feld der Matratze fast ins Uferlose.

Einmal hörte er ein Tasten an der Schlafzimmertür. Marion stand im Finstern auf der Schwelle. Der Schein ihres hellen Pyjamas und ihres Gesichts wurde klarer, je länger sie da verharrte. Paul stützte sich auf den Ellenbogen. Sie setzte sich zu ihm auf den Bettrand.

Sie flüsterte: Ich glaube, ich habe den Heimweg verloren.

Vielleicht träumte sie. Paul kam es vor, als nähme sie es den Wegen übel, dass keiner von den vielen mit „Heimweg“ beschildert war.

Die von Viktor angekündigte Aushilfe kam an, begleitet von Bára, ihrer Tante, die laut und herzlich auf Paul zuging, ihn sogar umarmte. Die Nichte, Madlenka, reichte ihm die Hand. Er wunderte sich zum ersten Mal, dass eine Hand so ganz am Ende eines langen Armes gedieh. Madlenka war noch ein halbes Kind, und dieses Halbe verwirrte oder verwickelte ihn, denn ihre zweite Hälfte war eine Frau. Wenn Paul die Frau sah, zeigte sich blitzschnell das Kind und umgekehrt.

Bára führte Madlenka mit einem lückenlosen Schnattern in ihre Arbeit ein, überliess sie aber bald schon dem Hausherrn zur Aufsicht oder Betreuung. Doch Paul kam kaum dazu, dem Mädchen Anweisungen zu geben. Madlenka sah und erriet sofort, was fällig war. Sie sprach begeistert deutsch. Sie schien alles aufzubieten, was sie sich in Kursen angeeignet hatte. Zum Abschied bot sie Paul die eine, dann die andere

Wange, dann nochmal die eine an. Beim Wechsel der Wangen streiften sich fast ihre Lippen.

Den Nachmittag des nächsten Putztermins hielt Marion sich frei. Der neuerliche Wechsel der Putzkraft beunruhigte sie. Bára hatte ihr ganzes Vertrauen gehabt, und Marion war nicht bereit, dieses Vertrauen beliebig weiter zu verschenken. Über Viktor sagte sie nichts.

Beim Kaffee, Madlenka hatte sogar Streuseltörtchen mitgebracht, kam Paul sich sofort überflüssig vor. Marion war in wunderbarer Laune. Sie scherzte, und Madlenka getraute sich laut zu lachen. Bei einem gemeinsamen Lachschwall legte Marion eine Hand auf Madlenkas Schulter. Paul stellte die drei leergetrunkenen Tassen in den Spültrog und liess die Frauen allein.

Madlenka arbeitete länger als vorgesehen. Das Nachtessen war schon bereit, als sie durch den Türspalt in die Küche winkte und ging.

Paul betrachtete die Wasserlocken und -flechten des Kanals, dem er entlang ging. Das Wasser drängte über eine Schwelle, rauschend, aufglucksend. Die hohen Halme des blühenden Grases wippten.

Eine Herde kleiner Kinder, alle mit einem Kopfschutz gegen die Sonne, mit der man rechnen musste, die Jungen mit beigen flachen Hütchen, die Mädchen mit Kopftüchern in bleichem Blau. Die Kinder liefen mit willigen Beinen den Weg entlang. Alessandro!, rief eine der drei Betreuerinnen, und dann wieder:

Alessandro! Da keines den Kopf umwandte oder im Laufen innehielt, fand Paul nicht heraus, welches der Kinder mit Alessandro gemeint war.

Sie hatten unterdessen eine Bank erreicht und sassen aufgereiht da. Die Bank musste das Ziel eines Wettrennens gewesen sein, das die vielen rundlichen Waden zum Laufen animiert hatte. Die Betreuerinnen zogen verrutschte Hüte und Kopftücher zurecht, machten sich am Klettverschluss eines Schuhs zu schaffen. Ein weinender Junge brauchte Trost und bekam ihn.

Vier wechselnd bewölkte Tage später war Paul wieder am Kanal. Das Wasser floss schwerer diesmal, dickflüssiger, ein kompakter dunkler Leib. Eine Wolke dämpfte das Licht. Die Grasböschung lag kahl, hellgrüne Stoppeln. Wieder liefen Kinder vor ihm her, wieder mit blau und beige bedeckten Köpfen. Es schienen dieselben zu sein, denen er vor Tagen zugeschaut hatte, doch er konnte sich täuschen. Eine der Betreuerinnen, eine hübsche dunkelhäutige, sah er zum ersten Mal. Sie lief auf einen Baum zu und versteckte sich hinter dem Stamm. Die Kollegin fragte die Kinder: Wo ist Fatima geblieben?, und schaute voraus den Weg entlang. Dann hielt sie ein Handy ans Ohr.

Fatima!, schrien die Kinder im Chor. Sie liefen gleichzeitig los und entdeckten die Vermisste und kreischten vor Lust. Alle schienen die Spiele zu kennen, die hier im Freien üblich waren, und freuten sich, den Regeln zu entsprechen.

Ein Mädchen hatte einen Schuh verloren. Es schaute mit geknicktem Kopf auf seine ungleichen Füsse. Die dunkelhäutige Betreuerin nahm das Kind bei der Hand. Es humpelte neben ihr zum Schuh hin, der ein paar Schritte zurück auf dem Weg lag.

Die dritte Betreuerin schaute lange schon blicklos ans andere Ufer.

Man kann vom Leben keine Pause machen, dachte Paul. Man versucht's und wird dabei erwischt. Man merkt, wie nackt man ist unter seinen Kleidern.

Drei Regentage später sah er über der Rückenlehne einer Bank ein dünnes Tuch, von der Nässe stellenweise ans grüne Holz geklebt. Paul kannte das bleiche Blau. Es kam ihm vor, als sei nicht ein Kopftuch, sondern ein Mädchen vergessen worden.

Wenn Paul im Museum etwas vermisste, war es das Wetter, das hier ganz ausgesperrt blieb. Dargestellt fand es sich aber auf zahllosen Bildern. Cumuluswolken dienten als Tummelplatz, Rummelplatz für kleine Engel, Gewitterwolken als Kulissen für schicksalhafte Augenblicke wie den Schwur der Eidgenossen. Als es den Holländern einfiel, ihre Landschaften und Meere abzubilden, stellte sich die Frage, was sie mit dem übergrossen Himmel anfangen sollten. Wolkentürme, Wolkenschleier, Wolkenfahnen, Wolkenkissen waren die überzeugende Antwort.

Bei den Franzosen wurde die Luft leibhaftig, das Licht leibhaftig, Spiegelungen auf Wasserflächen, auf

Seerosenteichen, wo die Wolken sich mit den Wellen, die Wellen sich mit den Wolken verwechselten.

Von vielen Werken nahm Paul keine Notiz. Wurde er aufmerksam auf ein bisher unbeachtetes Objekt, war er meist verwundert, dass es in der Sammlung überhaupt vorkam.

Nach und nach ergab sich ein besonderer Blick für Ausstellungsgegenstände, mit denen er nichts anzufangen wusste. Giovanni Battista Pittonis „Geburt Christi" gehörte dazu. Der Vertrag „Wir brauchen einander nicht", den er mit solchen Gegenständen abgeschlossen hatte, verband ihn fast geschwisterlich mit ihnen. Und wenn er einen dann doch für sich entdeckte, was nicht selten vorkam, war es auch ein Verlust.

Im Museum merkte er, dass seinem Gedächtnis neue Felder zugewachsen waren. Der Behälter seines Kopfes fasste weit mehr, als er angenommen hatte. Da war jener kleine Garten von Hendrick van der Burgh, geschützt von einer Ziegelmauer, mit der schmalen hohen Pforte zur Strasse hin. Die an Spalieren gezogenen Rosen. Die Magd mit stumpfem Bürstenbesen und, von der offenen Gartenpforte eingerahmt, das Mädchen, das Seifenblasen bläst. Pauls Erinnerung ging unbekümmert über den Bildrand hinaus, um die Ecke, in den rückwärtigen Hof des Bürgerhauses, wo es nach Hühnermist roch, nach holländischem Kleinstadtleben, nach Sechzehnhundert und etwas. Paul meinte den Ort zu kennen.

Die hintere Tür zum Hausgang hatte die übliche Klinke mit grob geschmiedetem Griff. Die Küchentür links stand offen. Paul kannte jedes Regal, jeden Topf, jede Kelle. Im angrenzenden Wohnraum dann die hohen Fenster, die zur Strasse gingen. Man gab auf seinen Degen acht, wenn man sich auf einen der Stühle setzte. Man fragte sich, ob im Kamin noch etwas vom aufgestapelten knorrigen Holz nachzulegen sei. Man liess den Degen auf dem Stuhl zurück, zog auch die Stiefel aus, bevor man ins hintere Zimmer trat. Hohe Fenster auch hier, die untere Hälfte mit geschlossenen Läden. Ein Schutz vor Blicken und vor Strassenstaub und Klecksen von Morast. Von oben fiel überraschend ein Licht auf ein Buch, das auf einem Polster lag. Die schweren Vorhänge des Bettgehäuses waren im Dunkeln zu erkennen. Der mit einem teuren Tuch bedeckte kleine Tisch, darauf der Kerzenhalter mit der Kerze, standen schon im tiefen Schatten. Die Dunkelheit war eine grosse Wohltat.

Als Kavalier kam Paul hier zu spät. Die Herrin trug längst die Haube der Ehefrauen. Das Mädchen mit den Seifenblasen war ihr erstes Kind. Sie erwartete ein zweites.

Wagner, der Leiter des Aufsichtsdienstes, der, wie sich später herausstellte, Wegmann hiess, nickte ihm kurz zu, wenn sie sich begegneten. Er schien ihn für ein Mitglied seines Teams zu halten. Jedenfalls schaute er erstaunt, als Paul sich um eine Stelle in seinem Dienst bewarb.

Haben wir Ihre Personalien?, fragte Wegmann und kaute am Nagel seines kleinen Fingers oder an einem der Hautfetzen, die den verwüsteten Nagel umgaben. Paul dachte dabei an ein überweidetes Gelände. Ermattete Rinder stolperten in einer zertretenen Talsenke herum. Paul hatte die Tiere so dicht vor den Augen, dass er ihr abgewetztes staubgraues Fell sah.

Wir haben zwar viele Bewerber, gab Wegmann zu bedenken.

Paul nickte: Ich weiss.

Studentinnen und Studenten –

Der Kunstgeschichte, ergänzte Paul.

Wegmann nickte.

Sie einigten sich, dass Paul mit einer 40 %-Stelle anfangen würde. Alles Weitere –, sagte Wegmann,

Und Paul: – ergibt sich von selbst.

Am folgenden Dienstagmorgen begann er im Sektor 4, der bescheidene nordseitige Kabinette umfasste. Die meisten Besucher, die durch den schmalen Zugang in diese Räume fanden, waren streunend hierher geraten. Sie schauten sich um, als hätten sie sich verlaufen, stellten sich dann aber doch vor eines der Gemälde. Wandten sich die Zufallsbesucher einem zweiten Bild zu, bevor sie den Raum verliessen, geschah es vermutlich aus Anstand.

Die Blicke der Betrachter nahmen bestimmte Wege: Sie streiften über eine Malerei und steuerten das zugehörige Schild an. Dann erst wandten sie sich dem Werk ausdrücklich zu oder sie gingen weiter. Die Schilder, die sich auf frei stehende Skulpturen bezogen, waren oft schwer zu finden.

Paul gab ratlosen Besuchern unaufdringliche Fingerzeige. Die Namen bekannter Künstler luden zu genauerem Hinschauen ein. Der Name konnte das Bild verschönern. Auch der Titel konnte belebend sein: „Hirt und Hirtin in der Campagna". Die genannten Personen und die Landschaft waren auf der Leinwand anzutreffen. Die Hinweise rückten die Teile zurecht, sie festigten das Bild. Man brauchte nicht zu wissen, wo die Campagna liegt. Irgendwo in Italien, irgendwo auf dem Land. Namen beglaubigten auch, dass es das Abgebildete so oder sehr ähnlich wirklich gegeben hatte und vielleicht immer noch gab. „Das Dorf Gazzada" etwa.

Pauls Tätigkeit glich seinen Wanderungen durch die stadtnahen Wälder. Gehen und Stehen fanden in den Museumsräumen zu ihrer reinsten Form. Im grossen Oberlichtsaal kam der aufrechte Gang ganz zu sich selbst. Viele der hier abgebildeten Menschen hatten Lebensgrösse oder wuchsen im Betrachten zu solcher Grösse heran und darüber hinaus.

Ein Jüngling von Lembruck, bescheiden und riesig, schien aus einer besseren Welt zu kommen. So einer konnte nur besuchsweise da sein.

Paul grüsste zwei porträtierte Kinder, die stämmige kleine Erdmute und ihren kadettenhaft gekleideten älteren Bruder Hans-Herbert. Erdmute trug für das

Bild ihr weissestes Kleid. Es musste ihr vom Dienstmädchen übergezogen worden sein. In schwarze Lackschuhe gestellt und mit einer Haarschleife versehen stand sie da, bereit, den Anordnungen des berühmten Malers Eduard Munch zu gehorchen. Der Mann sprach deutsch, sagte aber fast nichts. Erdmute hob ihr Kleid mit der rechten Hand etwas an, den linken Ellenbogen überliess sie dem Bruder, der hier mit seiner Hand eine Verbindung zur Schwester herstellen musste.

Als Erdmute das weisse Kleid bekam, wollte sie mit dem Bruder Hochzeit spielen. Er wollte nicht. Doch er war bereit, die Schwester zu verschleppen, wie er sagte. Sie wusste nicht, was das Wort bedeutete, doch es gefiel ihr. Zudem war es nicht leicht auszusprechen. Das „Verschleppen“ ging so: Hans-Herbert trug seine Schwester leise, leise huckepack über die Treppe hinab in die Halle. Für ein richtiges Verschleppen hätte er sie auf den Armen tragen müssen. Doch auf diese Weise wäre der Transport vor allem auf der Treppe zu schwierig geworden. Aus der Küche kam die Stimme der Mutter, die der Köchin Anweisungen gab und dann wie gewöhnlich ins Plaudern geriet. Einmal lachten die beiden Frauen hell auf. Dass sie rasch wieder verstummten, geschah aus Respekt vor der Lärmempfindlichkeit des Hausherrn, der sich oben im Büro über weit ausgebreitete Pläne beugte. Leise, leise stopfte der Junge seine Schwester, die nur die Augen rollte, unten in den grossen Schrank und drehte den Schlüssel. Erdmute richtete sich zwischen den

Schirmen, Pelerinen und Lodenmänteln wohnlich ein. Sie sorgte dafür, dass sie auch für jene, denen es etwa einfiel, den Schrank zu öffnen, verborgen blieb. Sie wollte hören, wie man nach ihr fragte, wie man dann ihren Namen rief. Ihr grösster Wunsch, ihr Wunschwunsch war, im Dunkel dieses Schrankes tatsächlich und leibhaftig und für immer zu verschwinden. So komplett, dass auch sie selbst, Erdmute, sich nur nach langem Suchen wieder finden würde – dann aber ganz anderswo.

Doch so weit kam es nie. Nach einer Weile, während man das Mädchen im Garten suchte, holte Hans-Herbert die Schwester aus ihrem Versteck und das Leben ging weiter.

Erinnerungen kamen so mühelos von irgendwoher, wie sie einen wieder verliessen. Das stellte Paul fest, als ihm auf seinem Rundgang ein Bild in den Blick geriet: Ausgelassene Kinder, betreut von einem Faun. Ein schlafender Junge auf dem Rücken eines pantherartigen Tieres. Beim Anblick der nackten Leiber in der parkähnlichen Wildnis fiel ihm Tarzan ein, Tarzan und seine Frau oder Freundin. Gehörte der Name Jane zu dieser Person? Bei den Erinnerungen gab es verschiedene Aggregatszustände, ergänzte Paul seine Gedanken, neben den flüchtigen und flüssigen auch feste, verknorpelte oder verhornte. Zu dieser dritten Sorte gehörte die für Museumsbesuche gültige Hausordnung.

Paul wusste, was in den Ausstellungsräumen zulässig war, und fand auch Wege, die Weisungen taktvoll durchzusetzen. Er überraschte eine junge Frau, wie sie eben mit einem angebissenen Sandwich auf eine Lucretia zeigte, die drauf und dran war, sich einen Dolch in die entblösste Brust zu stossen. Paul ermahnte die junge Frau, indem er dabei auch ihre Begleiterin ins Auge fasste: Essen und Trinken sind nur im Museumscafé erlaubt. Die junge Frau lächelte munter. Sie hielt Paul ihr Sandwich so übermütig und dicht vor den Mund, dass er hinein biss. Noch kauend sagte er: Jetzt aber lassen Sie das Ding verschwinden.

Wohin?, fragte sie.

Paul zeigte auf die Anhängetasche der Begleiterin. Er bot den Frauen von seinen Papiertaschentüchern an, in die sie, was vom Sandwich übrig blieb, einwickelten.

Einmal stapften drei Bauern mit vorgereckten Köpfen herein. Paul kannte sie am Gang, den Gliedern, den schwer in den kurzen Ärmeln hängenden Händen. Ein Vierter, vermutlich der Dorflehrer, ging ihnen voran. Er nannte Namen von Künstlern, wies auf Kollers „Gotthardpost“. Die Bauern freuten sich, die Welt ihrer Vorfahren in Öl gemalt zu entdecken. Die „Kuh im Krautgarten“ bereitete ihnen ein unbändiges Vergnügen. Dann aber kehrte ein Ausdruck in ihre Gesichter zurück, der sehr viel länger erprobt war: ein Misstrauen, das nicht einzelnen Bildern galt, eher der Kunst überhaupt oder dem Fremden, das einen im Museum umgab, der Andacht, dem hier üblichen Flüstern der Besucher. Die nackten Frauen, ohnehin zu dick, hatten keine Wirkung. Im Fernsehen sah man da ganz andere Sachen. Ihre Väter hätten noch mit Zeigefingern, die sich nicht mehr vollständig strecken liessen, auf das bleiche und rötliche Fleisch gezeigt.

Es gab regelmässige Besucher. Eine Frau etwa in unbestimmt wallendem Kleid, für die jedes Bild ein Anlass zu immer neuem Nachdenken war. Paul begann zu vermuten, die Frau sei eine gewohnheitsmässige Nachdenkerin. Er versuchte sich vorzustellen, was sich ergäbe, wenn er selbst nachdächte über alles, Stück für Stück, was gerahmt an der Wand hing oder auf einem Sockel stand. Diesen Versuch gab er wieder auf, bevor ein Ergebnis in Sicht war.

Lange war die Nachdenkerin vor einem Gemälde von Füssli gestanden: eine sitzende Frau, den Kopf auf die angezogenen Knie gesenkt, verhüllt in lange Haare und eingerahmt von Armen, die zu Boden hingen, als würden sie nicht so bald wieder gebraucht. Der Titel „Das Schweigen“ schien die Betrachterin nicht abzulenken, setzte vielleicht ihr Sinnen erst recht in Bewegung.

Paul kehrte, wenn der Aufsichtsplan es zuliess, zu van der Burghs bescheidenem Garten mit dem Rosenspalier zurück, zur Magd mit dem Kind. Bei jedem dieser Besuche stellte sich unverzüglich eine neue Erinnerung ein. Im Nachbarhaus schräg über der Strasse lebten zwei fromme Schwestern mit einer Mutter, die sich monoton über Müdigkeit und Schlaflosigkeit beschwerte. Der Vater, ein Schiffsarzt der Ostindischen Kompanie, war vor Jahren Opfer einer tropischen Seuche geworden, die die ganze Besatzung befallen hatte.

Die alte Mutter flüsterte ohne Unterlass. Die eine Tochter meinte, es sei allmählich über sie gekommen, die andere, es sei plötzlich passiert. Anfangs hatte man kaum hingehört. In der nächtlichen Stille vernahm man dann aber, dass es lauter unflätige Dinge waren. Wie so viel Wörterunrat sich in einem einzigen, inzwischen fast kahlen Kopf hatte sammeln können, blieb rätselhaft. Die Töchter konnten nicht verhindern, dass das Flüstern der Mutter auch in der Kirche zu hören war, nicht nur während des stillen Gebets, sondern auch bei der Predigt, in den Sprechpausen, die die Wirkung der Worte Gottes vertiefen sollten.

Die Töchter baten die Mutter, um Himmelswillen auf den Gottesdienst zu verzichten. Damit weckten sie erst recht den bösen Eigensinn der Alten. Was sie bisher nur geflüstert hatte, schrie sie jetzt in die Gärten hinaus. Die Töchter knieten sich tiefer in ihr Gebet und in die Arbeit. Die eine besorgte den Gemüsegarten, bändigte die Rosenranken und schaute zu den Hühnern und Kaninchen. Die andere kochte und backte und legte die Wintervorräte an. Die Reinigung von Haus und Hof und bald auch der alten Frau war Sache der Dienstmagd.

Die beiden Schwestern litten unter der Schmach, doch sie blieben gottesfürchtig und keusch. Wenn sie sich all das Peinliche und Abstossende vorstellten, das mit unkeuschen Handlungen verbunden war, mussten sie die Keuschheit weit anziehender finden. Sie erforschten ihr Gewissen und fanden dabei nur die Sünde des Neides. Eine Kusine, die sich, vermuteten sie, ihre Jungfräulichkeit schon hatte rauben lassen, empfing jeden Tag Besuch, und zwar nicht nur Nachbarn, Vettern und Basen. Die Schwestern verrieten einander nicht, dass sie selbst gern einmal der Mittelpunkt eines solchen Treibens gewesen wären, um, wenn es darauf ankam, die zudringlichsten Verehrer empört abzuweisen. Die Sünde des Hochmuts nahmen sie dabei in Kauf.

Und weiter? Die alte Mutter starb in den Armen der Dienstmagd. Die eine Tochter, die Köchin, wurde melancholisch. Die Rüben und Bohnen kamen versalzen oder angebrannt auf den Tisch. Die andere, die Gärtnerin, suchte Beweise für die Liebe Gottes und fand sie schliesslich in der pflanzlichen Natur, die sie umgab, im Blühen der Bohnen, im Reifen der Beeren.

Die Magd aber heiratete einen tüchtigen Schreinergesellen mit linkischem Gemüt. Sie lehrte ihn und lernte selbst dabei, wie sich die eheliche Liebe bewerkstelligen liess.

Es ging auf 18 Uhr zu, das Ende der Öffnungszeit. Paul lehnte sich kurz an eine Säule. Sich anzulehnen war dem Aufsichtspersonal nicht streng verboten, aber auch keineswegs erlaubt. Das Anlehnen fiel dann am Wenigsten auf, wenn die Aufsichtsperson selbst etwas Säulenhaftes annahm.

Vergangene Woche war Wegmann, der Chef, dazugekommen, als Paul einer Schulklasse demonstrierte, was den Besuchern untersagt war: Er berührte ein Gemälde und löste damit den Alarm aus. Dass das falsch war, sehr falsch, merkte er an der Begeisterung der Schüler. Paul hatte sich nach Arbeitsschluss in Wegmanns Büro einzufinden.

Sie sind bei uns, denke ich, nicht ganz am richtigen Ort, sagte Wegmann.

Paul fragte: Wo sonst?

Der Chef seufzte, und das war ein gutes Zeichen.

Seit jenem Abend stand Paul nur noch auf Zusehen hin im Dienst des Museums. Beim Gedanken, dass Wegmann ihm zusah, fühlte Paul sich aufgehoben und ermutigt.

Er ging ins Freie, ins Wetter hinaus, das den Gemütszustand der Gegend erkennen liess. Paul war jeder Zustand recht. Das Wetter verband ihn zuverlässig und dicht mit dem Ganzen ringsherum, das heute bis über den Horizont hinaus und hinauf zu den Wolken reichte. Das Freie kam ihm freier vor als sonst, die Lücken nahmen ihn sehr bereitwillig auf. Das war auch im Wald noch so, in dem er bald anlangte.

Paul liebte die geselligen Bäume, die ihn im Gehen mal so, mal anders umstanden. Entferntere Bäume entzogen sich rasch und erschienen wieder, seitwärts verstellt. Wie ein Karussell war das.

Karussell war übertrieben. Man konnte sagen, was man wollte, alles hatte etwas Übertriebenes. Das Flüssige, Flüchtige, Zappelnde staute oder stiess sich an den reglosen Wörtern.

Die Bäume übertrieben nicht. Als Gesellschaft machten sie unter sich aus, wie viel Wurzelraum und wie viel Himmel jedem Einzelnen zustand. Wurden Bäume gefällt, kamen unter den Verbleibenden und den Nachwachsenden neue Regeln ins Spiel.

Hinter den gestreckten Stämmen junger Tannen hüpften zwei Männer auf geländegängigen Rädern heran. Geländegängig war auch ihre wasserdichte, mit Schutzpolstern versehene Kleidung. Paul kam den Fahrern fast in die Quere, als sie dicht vor ihm mit schlingerndem Hinterrad in die Kurve gingen. Sie sahen aus, als wären sie auf alles gefasst. Jeder Sturz konnte zum Absturz werden.

Da und dort im Unterholz gab es Einnistungen von Licht. Dürres Laub, Halme, Stücke von brüchigem Holz in einer Art Ordnung. Die Dinge schienen sorgfältig zusammengetragen zu sein. Paul schaute so lange hin, bis die leuchtenden Flecke etwas Unauslöschliches angenommen hatten. Was ihn hier festhielt, war wohl einfach die Wirklichkeit dieser Dinge, frei von allem, was Menschen umtreiben konnte.

Paul war nicht schwindelfrei, wenn es wunderbar zuging. Er dachte an die geheimen Netzwerke des Zufalls. Er dachte an die vielfältigen Zwischenräume, die wohl darum so anspruchslos blieben, weil sie nicht mit Namen versehen waren.

Paul folgte einem Pfad, den er zu kennen meinte. Dann aber kam er an einer alten Kiesgrube vorbei, die sich hier am falschen Ort befand, die ganz woanders hingehörte. Paul kannte die Topografie des Waldes wie seinen Hosensack, und darauf wollte er sich weiterhin verlassen können. Er überprüfte: im rechten Sack das schlanke französische Jagdmesser und der Einkaufszettel von gestern, im linken ein Ring mit zwei Schlüsseln und das Taschentuch.

Beruhigt ging er weiter. Er war nicht überrascht, als auch im Wald alles wieder zurechtgerückt war, dass er also mit sich und mit den Örtlichkeiten wieder rechnen konnte.

Paul sass an seinem Arbeitstisch und blätterte in einem Ausstellungskatalog mit Zeichnungen von Buschmännern, die um 1870 von weissen Siedlern als Tagelöhner beschäftigt wurden. Es waren Skizzen von Naturgegenständen, wild wachsende Sträucher mit ihren Früchten und vereinzelt auch Tiere, auf ein paar Merkmale reduziert. Von Sprachforschern befragt, erzählten die Männer mit ungeheuerlichen Abschweifungen von ihrem Alltag. Die Forscher behalfen sich mit besonderen Zeichen, um die vielen Schnalz- und Klicklaute, die sie hörten, zu notieren. Auf die Skizzenblätter schrieben sie knappe Anmerkungen: *!kannu ≠hu*: „Ein kleiner Vogel, der manchmal beisst, wenn er gefangen wird“. *!kui !nu*: „Das Ei der *!kui*, das ziemlich gross ist und von heller Farbe. Es wird von alten Menschen beiderlei Geschlechts gegessen“.

Auf einer zeitgenössischen Fotografie war die topfebene Strauchwüste des nordwestlichen Kaplands zu sehen. Paul versuchte sich vorzustellen, wie die Eingeborenen sich in diesem Gelände zurechtgefunden hatten. Als Orientierungshilfen gab es ausgetrocknete Wasserläufe, markante Steine, Termitenbauten, vielfach verzweigte Trampelpfade und tausenderlei Unvorstellbares. Die Ebene glich einer abgenützten Bürste. Pauls Blick ging hinaus zu einem kaum mehr erkennbaren Horizont und kehrte lange nicht zurück. Das Buch enthielt Tagtraummaterial für ein ganzes Leben und für alles, was über ein Leben hinaus wuchs und wucherte.

An die Vertreibung der Buschmänner und -frauen mochte er jetzt nicht denken. Dann dachte er doch: Weisse Bauern verprügelten die Eingeborenen, die ihnen hinderlich waren, oder knallten sie ab.

Die Entwürfe und Unterlagen zu alten Arbeiten lagen immer noch auf dem Tisch, auf Stapel verteilt, deren Bedeutung Paul inzwischen nicht mehr zugänglich war. Der Bürostuhl, den er im Rücken spürte, war ein Geburtstagsgeschenk von Marion gewesen. Der Sessel machte das Sitzen, wenn man es richtig bedachte, tatsächlich zum Erlebnis.

Eine Auffrischung der Wohnung war im Gang. Marion hatte neue Möbel angeschafft, zuerst Stück um Stück, dann aber folgten mit einem grossen Esstisch gleich sechs passende Stühle. Die Vorhänge wollte Marion durch Rouleaus ersetzen. Toms Herbstblätter hingen nicht mehr am Kühlschrank.

Durch das Fenster betrachtete Paul die vielfach gestufte Horizontlinie der Dächer der benachbarten

Häuser, der Firste, Mansarden und Terrassen. Er verweilte bei dieser Linie wie bei einem Schriftzug.

Marions Geschäft lief gut. Fast schien es ihr davon zu laufen. Viele ihrer Kunden waren ältere Paare, die noch einmal etwas erleben wollten. Marions individuelle Reiseberatung galt als Geheimtipp, den diese älteren Paare untereinander weiter gaben. Von Mund zu Mund, sagte Marion und betrachtete dabei ihre ausgestreckten, aus dem Rock vorragenden Zwillingsbeine. Das geschah in der Küche bei einem sonntäglichen Apéro. Paul stellte sich die älteren Münder mit den gepflegten Gebissen vor, die anderen älteren Mündern Marions Namen übermittelten.

Am Abend zuvor hatte Paul seine Frau mit einem Blumenstrauss überrascht. Die meisten Männer kommen auf Blumensträusse, sagte Marion, wenn sie ihre Frauen überraschen wollen. Dass aber auch du auf diese Idee kommst, das überrascht mich schon. Blumensträusse sind schön und lästig. Die Stiele zurückschneiden, eine passende Vase suchen, das Wasser wechseln, und nach vier Tagen ist das Ganze dann doch verwelkt. Das Wasser stinkt, die Stiele sind schmierig geworden. Man denkt, man hätte die Blumen besser pflegen sollen, auch das noch.

Marion erzählte: Einmal, bei einem Geburtstagsessen in einem Restaurant, überreichte man mir einen üppigen Strauss. Das war, bevor ich dich kannte. Während dem Apéro hielt ich den Strauss in der Hand. Als wir uns zu Tisch setzten, bat ich um eine Vase. Das

Ding, das die Kellnerin brachte, war sehr hässlich und etwas zu eng. Nach dem Essen gingen wir in eine Bar über der Strasse, dann in eine zweite, immer mit diesen Blumen. Die Musik war so laut, dass wir uns anschrien oder verstummten. Und als ich um eins nach Hause kam, heulte ich vor Müdigkeit und steckte die Blumen Kopf voran in den Abfalleimer.

Fürchterlich, sagte Paul.

Marion nickte heftig.

Die beiden hatten sich auf dem „Abendsofa“ zusammengefunden. Tatsächlich benützten sie das Möbel ausschliesslich an Abenden und immer zu zweit. Durch die ganzen langen Vor- und Nachmittage stand es, auf Besucher gefasst, an der Wand. Da Paul die Stube kaum mehr alleine betrat, hatte er keinen Anlass, den Anblick des leeren Sofas befremdlich oder betrüblich zu finden.

Wo ist eigentlich Tom?, erkundigte er sich.

Auf einer Radtour im Französischen Jura, sagte Marion geduldig, das weißt du doch. Hätte sie gesagt: Das solltest du doch wissen, wäre Paul nervös geworden. Natürlich weiss ich das, hätte er behauptet, ich denke nur nicht daran. Sie hätten hin und her geredet, immer abwechslungsweise, und allmählich wären sie verunglückt. Er hätte geschrien wie ein Elch und sie hätte die Stube, die jetzt Wohnzimmer hiess, heulend verlassen, wäre aber bald darauf mit zugespitzter Stimme zurückgekehrt.

Paul war verwundert: Auf einer Radtour also.

Er spürte Marions Hüfte. Sie war näher gerückt.

Wir lieben einander, nicht wahr?, vergewisserte er sich.

Marion lächelte mit den Augen und nickte. Dann sagte sie ernst: Und wie!

Paul fuhr mit feuchtem Mund auf ihre Lippen los.

Sie erschrak.

Er erschrak auch. Pourquoi pas?, sagte er dann und merkte sofort, dass das nicht das Richtige gewesen war.

Pauls Gedächtnis machte weiterhin Kapriolen. Da Marion nie recht wusste, was Paul behielt und was er vergass, kündigte sie ihren Geburtstag am Vorabend an. So brauchte er sich nicht zu schämen, falls der Termin ihm entfallen war.

Morgen habe ich Dienst bis zwanzig Uhr, sagte Paul. Nachher können wir feiern.

Dienst, Dienst, murrte Marion.

Paul sagte: Du machst dir ja gar keinen Begriff, wie weitläufig das ist. Wie viele Einzelheiten wir im Auge haben. Heute wollte einer, der direkt aus dem Regen kam, in einer tropfenden Plastikhülle schnurstracks in den ersten besten Saal. Wir machen den Besuchern klar, dass Regenbekleidungen, Regenschirme und so weiter, dass grosse Gepäckstücke, auch Musikinstrumente, Kinderspielzeuge mit spitzen Ecken oder Kanten, in einem Schliessfach zu deponieren sind oder an der Garderobe abgegeben werden müssen. Handtaschen sind zugelassen, sofern sie in der Längs- und

Querrichtung nicht mehr als 20 Zentimeter vom Körper abstehen. Fotografieren ist nur in der Sammlung und ohne Blitzlicht erlaubt. Tiere haben nur ganz ausnahmsweise Zugang zu den Sälen, Blindenhunde zum Beispiel.

Paul kam Marion vor wie ausgewandert und nicht mehr erreichbar.

Am Geburtstagsabend trafen sie sich in Marions Lieblingsrestaurant „Da Teresita“.

Auf unser Wohl, sagte Marion, als sie die Gläser hoben. Ihr Blick suchte einen Ort zum Verweilen und fand ihn in Pauls Gesicht.

Auf unser Wohl und Weh, sagte Paul.

Sie tranken einen Schluck und wussten nicht gleich weiter.

Paul fragte Marion, wie sie vorangekommen sei mit ihrem neuen Beruf.

Sie lachte. Fast ein Jahr war es her, dass sie die Kurse im Schwarzwald aufgegeben hatte. Ich habe alles, sagte sie, an den Nagel gehängt.

An den Nagel?

Ja.

Ich weiss jetzt nicht, was sagen, sagte Paul nach einer Pause.

Gratuliere mir, schlug Marion vor. Sie lachte wieder.

Hier begann der vergnügliche, später fast ausgelassene Teil des Abends. Marion tat so, als hätte sie Pauls Namen vergessen. Ach du, du Dings – ach Peter, Pepe, Peppone!

Auf der Strasse hängte sich Marion an Pauls Arm. Er gab sich Mühe, ihr einen festen Halt zu bieten, übernahm auch ihren Schritt, der in den festlichen Schuhen kürzer war als gewöhnlich.

Sie beendeten die Feier, als Marion sich abgeschminkt hatte, mit Zärtlichkeiten in Marions Bett, mit all dem überraschend Vertrauten, das die Gewohnheit schenkt. Paul nannte die Zutaten: Zimt und Zauber.

Sie verbrachten ein langes Wochenende in einem vornehmen Hotel in Rom, das Geschenk eines Reiseveranstalters, dem Marion die Adresse einer Kontaktperson in der russischen Provinz vermittelt hatte. Marion sprach italienisch und Paul verstand immerhin, was sie sagte. Er folgte den Gesten der Menschen, die Wege samt Abzweigungen und Abkürzungen so lebendig in die Luft skizzierten, dass der Stadtplan überflüssig wurde. Auf die Sehenswürdigkeiten hätte Paul verzichten können, doch die gehörten nun mal zum Reisen und ganz besonders zu Rom. Die Piazza Navona, von tausend Blicken betatscht, war müde vom Angeschautwerden. Paul blieb vor einer Auslage stehen, die Teigwaren, gestreckt und spiralig, gefaltet zu drei- und viereckigen Täschchen, in Ringen, Röhren, Schneckenformen anbot. Die Suppeneinlagen bildeten ein eigenes, dicht bewohntes Quartier.

Marion und Paul bogen in Strassen ein, schwenkten in Gassen ab, stiegen Treppen empor. Alles sei römisch in Rom, stellte Paul fest, jeder Abfalleimer, jede Ampel, jede Baustelle.

Eine Strasse führte himmelwärts. Die Wolken zogen so rasch heran, dass man meinen konnte, man jage ihnen entgegen, befördert von der Erdumdrehung. Der Wind, der einem ins Gesicht blies, wurde zum Fahrtwind. Die Täuschung, auch wenn man sie durchschaute, verhalf zu einem kosmischen Gefühl.

Paul lachte laut zu den Wolken hinauf. Marion lachte fröhlich mit. Sie hatte herausgefunden, dass sie Paul nicht zu verstehen brauchte.

In der Chiesa di San Carlo wurde eine Messe gelesen. Der brüchige gregorianische Gesang des alten Priesters, der zu laut aus Lautsprechern kam, stiess an die Wände, die Gewölbe. Aus den Tiefen der Bänke antwortete ihm das Volk, brummend die Männer, eindringlich und hell die Frauen.

Pax vobiscum.

Et cum spiritu tuo.

Paul und Marion lagen in einem Doppelbett mit gedrechselten Pfosten und Baldachin, zufrieden darüber, dass sie all das Viele und Schöne nun gemeinsam erlebten. Sogar für einen Besuch der Galleria Nationale d'Arte Antica würde die Zeit noch reichen.

Caravaggios „Judith und Holofernes" wird dir wohl zu schaffen machen, sagte Marion. Sie kannten das Bild aus Büchern.

Eine schöne Frau, diese Judith, sagte Paul. Sie gleicht dir, Marion, ihr habt beide diesen sicheren Griff.

In den Flughafenhallen lief Marion mit dem Rollkoffer munter voran. Endlich war einer der Ausflüge zustande gekommen, der ihr vorgeschwebt war. Zu lange hatte sie ertragen müssen, dass ein Angebot nach dem anderen ungenützt blieb, dass ein Gutschein nach dem anderen verfiel. Jetzt konnte sie hoffen, Paul würde sich auch zu einer Reise nach San Francisco überreden lassen.

Paul dachte über die Sehenswürdigkeiten nach, bei denen so wenig zu sehen übrig blieb. Man ging an den empfohlenen Fassaden und Brunnenfiguren vorbei und was man sah, kam einem sofort schon ziemlich bekannt vor.

Auch in seinem Arbeitsfeld gab es diese Sehenswürdigkeiten, meisterhafte Malereien und Skulpturen. Wenn Paul die berühmten Dinge lange und genau genug betrachtete, wurden sie wie andere, gewöhnliche und liebenswert.

Manchmal wandten sich die Bilder von ihm ab, sie hatten genug. Dann war es auch höchste Zeit, sich nach den Besuchern umzuschauen. Im Nebenraum stand ein Mann, der offenbar etwas verloren hatte. Er drehte den gesenkten Kopf hin und her, liess sich auf die Knie nieder und beschattete dabei einen Teil der Fläche, die als Fundort in Frage kam. Was Paul dann am Boden blinken sah, war eine Kontrollmarke des Museums. Er hob sie auf und reichte sie dem Mann, der, immer noch auf allen Vieren, hoch schaute und dabei mit dem Kopf den Rahmen von Hamiltons

„Interior“ streifte. Paul half dem durch das ausgelöste Warnsignal zusätzlich Verstörten auf die Beine.

Das Gehäuse des Museums war eine Ansammlung verschiedener Bühnen, auf denen Menschen ihre kleinen Auftritte gaben. Die Szenen hätten sich überall zutragen können, kamen aber erst vor den Bildern zu ihrer vollen Bedeutung. Weil sie sich hier leiser vollzogen, langsamer auch als anderswo, schien plötzlich Schicksalhaftes erkennbar zu werden.

Paul sah einen Mann mit Audioguide vor Monets „Seerosenteich mit Iris“. Der Mann stand gedankenvoll oder gedankenverloren da. Dann, unvermittelt, blickte er sich nach jemandem um, wohl nach einer Person, die ihn eben noch begleitet hatte. Paul, von einem plötzlichen Mitgefühl bewegt, sagte im Vorübergehen halblaut: Sie kommt gleich zurück. Der Mann verstand ihn nicht. Er nahm das Gerät vom Ohr, drückte die Pausentaste. Doch nun kam aus dem Nebenraum eine Frau dazu, offensichtlich die vermisste. Das Gesicht das Mannes fragte: Wo um Himmelswillen bist du so lange gewesen? Sie, die der Mann ebenso gut für immer hätte verlieren können, hängte sich bei ihm ein und betrachtete nun ihm zuliebe ihrerseits den Seerosenteich, den der Mann inzwischen aus den Augen verloren hatte.

Eine Frau rief nach ihrem Kind: Sofie! Das Mädchen, hinter dem Sockel einer Figur versteckt, bedeutete Paul zu schweigen. Die Mutter war verzweifelt, das Mädchen vergnügt. Paul holte das Kind, das nun entrüstet und widerspenstig an seiner Hand ging, und brachte es der Mutter. Die Frau dankte ihm so überschwänglich, als hätte er ihr Kind aus einem brennenden Haus gerettet.

Das Schicksalhafte, dachte Paul, doch er kam nicht über das grosse Wort hinaus, da eine Kollegin, Patrizia, ihn am Oberarm packte. Sie trug ein dunkelblaues Kleid mit einer schweren, goldenen Brosche, die wie welk am dünnen Stoff hing.

Du jagst in meinem Revier, flüsterte sie.

Tatsächlich war seine Zeit in diesem Sektor längst um und der Wechsel zu Sektor 11 fällig geworden.

Ein alter Mann, blind, ging hier am Arm einer alten Frau von Bild zu Bild. Die Frau beschrieb, was sie vor sich hatten. Der Mann lächelte: Freude des Wiedererkennens. Vermutlich war er erst im Alter blind geworden und schaute nun mit den Augen der Erinnerung, die ihm Unvergleichliches zu zeigen schienen. Kein Sehender lächelte so anhaltend einem Bild entgegen.

Paul nahm einen seiner bevorzugten Wege, der leicht ansteigend einen trockenen Abhang durchzog. Der magere Grund genügte fast nur noch den Föhren. Auf der Anhöhe kamen wilde Kirschen und Eichen dazu, dann vor allem Buchen. Paul ging in der Dämmerung des dichten Laubschirms. Es war sehr still hier. Die Vogelstimmen machten Pause. Ein Warnruf dann und wann. Paul dachte das Wort „hochsommerlich“.

Er traf auf eine Waldschneise, einen offensichtlich frisch angelegten Forstweg, der in die blossgelegten Eingeweide des Waldes vordrang. Das geschlagene Holz lag noch verstreut zwischen den Bäumen. Die Schneise endete wie abgerissen. Paul stapfte weiter durch Sägemehl und flachgetretene Brombeersträucher. Über ein lehmiges Bord stieg oder rutschte er schliesslich auf einen Pfad hinab, den er eigentlich hätte kennen sollen. Nach einer Biegung um einen felsigen, moosigen Höcker kam er über blossliegende Wurzeln auf einen Holzsteg zu, der mit frischen Bohlen ausgebessert war. Paul beugte sich über die Brüstung. Der Bach lief über einen hellen Grund. Sein Lauf war gezähmt mit Natursteinmauern, über die er in eine Wanne fiel. Unten quoll er auf, breitete sich für Augenblicke seelenruhig aus, bevor er, zu Strähnen versammelt, auf eine Rinne zufloss.

Der Weg war lang. Er lief über weite Strecken gerade vor sich hin, zog dann einen weiten Bogen. Etwas anderes fiel ihm nicht mehr ein. Er sah genauso müde aus wie der Wanderer, der seine öde Bahn ertrug.

Paul dachte an die Ausdauer der Buschmänner. Sie waren zäher gewesen sogar als die Antilope, der sie nachstellten, einen Tag, eine Nacht, einen Tag, bis das Tier völlig erschöpft zu stolpern anfing und einknickte und nun wehrlos war.

Der Weg war lang und ein Stück weit sumpfig. In einem Schutzgehege drängten sich hoch aufgeschossene Lümmel von Bäumen. Paul wusste die Namen: Ahorn, Esche. Die Weisstanne kam dazu. In der Umzäunung war ein Gewimmel, als hätte sich das junge Holz hier zusammengerottet, um zu überleben. Es gab in dieser Gegend längst keine Hasen mehr, denen die Füchse hätten gute Nacht sagen können.

Als Paul aus dem Wald trat, stand er überrascht vor verzweigten Strassenbögen, die sich zwischen Höckern und Hügeln verliefen. Hinter einem Streifen Riedland sah er auf einer schnurgeraden Rampe eine Autobahn, die von Augenwinkel zu Augenwinkel reichte. Ihr Brausen ging von Ohr zu Ohr. Die tief stehende Sonne funkelte in Autoscheiben und im Lack gebogener Bleche. Die Fahrzeuge fuhren mit eingeschalteten Lichtern. Alle taten sich zusammen für eine Viertelstunde der äussersten Kostbarkeit.

Wenn Paul sich seinen Ausflug vergegenwärtigte, zeigte die Welt sich ihm nicht so stabil, wie er sie eingeschätzt hatte. Verlässlicher blieb das Museum. Das holländische Haus mit dem Rosenspalier war da anzutreffen, wo es hingehörte.

Er betrat den Garten von der Strasse her. Das Tor stand offen. Im Halbdunkel des Hausgangs stiess er auf das Mädchen. Es war grösser und ernster geworden, stellte Paul fest. Er grüsste heiter. Das Mädchen rührte sich nicht. Paul sah Lichtreflexe in ihren schattigen Augen. Mit der Hand berührte sie eine der hölzernen Säulen, die die gewölbte Decke trugen. Das Kind war sichtlich erleichtert, als die Mutter erschien. Die Hausherrin reichte Paul die Hand wie einem, der nach Jahren aus den überseeischen Kolonien zurückkam. Sie öffnete die Tür, die vom Gang direkt in den Wohnraum ging. Am Kamin sass die mit einer Näharbeit beschäftigte Mutter des Hausherrn. Ihr Sohn stand an einem Tisch am Fenster, über Pläne für ein neues, herrschaftlicheres Haus gebeugt, in das er mit der Familie und mit seinem aufblühenden Geschäft als Maler und Architekt umziehen wollte. Er begrüsste den Gast wohlwollend und fing auch gleich an, ihm den ausgebreiteten Plan zu erläutern. Pauls Kenntnisse der holländischen Sprache waren bis auf nutzlose Reste unzugänglich geworden. Übrig blieb der Anfang eines traurigen Liedes aus dem Dreissigjährigen Krieg:

Neem me bij de hand
k zal u gaan verklaren...

Die Magd kehrte, einen vollen Korb am Arm, vom Markt zurück und mit ihr der jüngere Bruder des Mädchens, ein knapp dreijähriger Junge. Den Kopf schräg an der Hüfte der Magd, blickte der Kleine nun auf den Gast. Die Magd trug den Korb in die Küche, die Hausherrin folgte ihr. Der Junge griff nach der Hand der Schwester. Inzwischen gelangte der Hausherr, der seine Erläuterungen nur unterbrochen hatte, um Luft zu holen für die Fortsetzung, zur Möblierung des neuen Hauses. Sogar für das Bildnis seines verstorbenen Vaters war bereits ein Platz vorgesehen. Paul nickte und nickte und die beiden Kinder schauten ihm dabei zu. Die Alte am Kamin wandte den Blick nicht von ihrer Näharbeit. Da das Licht ungünstig war, hatte sie die Nase dicht am Gewebe.

Ein Sommertag, der in den leeren Ausstellungssälen fast ganz zum Stillstand gekommen war. Die Bilder schwiegen. Sie schliefen sozusagen mit offenen Augen. Zwei von Pauls Kollegen unterhielten sich murmelnd. Als das Murmeln ausfiel, hinterliess es eine Lücke, die nach und nach geräumiger und sogar freundlich wurde.

Paul, am Rand einer offenen Treppe, schaute hinab und hinüber zu Twomblys Leinwänden „Goethe in

Italien“. Sie liessen an Hecken, Dickichte, schwere Schlagschatten denken, die einen in römischen Parks umgaben.

Paul sann über Goethe nach. Goethes Vorliebe für die Liebe. Tasso und sein Elend und zwei, drei Frauen in einem Lustgarten in Modena oder Mantua. Ein hoch gewachsener Buchsbaum erinnerte an einen anderen hoch gewachsenen Buchsbaum anderswo. Paul glaubte zu wissen, dass Goethe stets ein frisches weisses Hemd getragen hatte, das schon am Tag darauf mit dem gestrigen, vorgestrigen an einer Leine flatterte. Eintagshemden, die nun mit den Ärmeln schlenkerten, bald so, bald so, bald gar nicht.

Paul sah eine Frau, die unten quer durch den Raum ging und dann stehen blieb, um sich nach den dunkelgrünen Landschaftsstücken umzuwenden. Zum dauerhaften Grün von Steineiche und Buchs kam nun ihr lichtweisses Kleid. Der Mann, der wohl ihr Begleiter war, beugte sich über das Geländer des mezzaninartig offenen Stockwerks wie über die Reling eines Schiffes. Ein Ausflügler, dachte Paul. Die Besucherin, das merkte Paul an einer plötzlichen Liebe, einer ganz ungewohnten Liebeslast, war Claire.

Was soll ich tun?, fragte Paul leise. Was soll ich jetzt tun?, fragte er noch einmal. Er stand, befallen von einem Gefühl, das schon fast kein Gefühl mehr war, eher bloss ein andauerndes Befallenwerden.

Claires Begleiter sah aus wie Viktor. Von hinten und dann auch von der Seite glich er ihm so sehr, wie einer nur sich selbst gleichen konnte. Sein sandfarbener Anzug allerdings war ungewöhnlich, mit Rockschössen wie zum Flattern gemacht.

Was soll ich tun?, fragte Paul, fragte sein Echo. Paul konnte nicht damit rechnen, dass er die Frau auch diesmal wieder vergass.